HALBNAH

Bibliografische Information der Deutschen Nationalbibliothek

Die Deutsche Nationalbibliothek verzeichnet diese Publikation in der Deutschen Nationalbibliografie; detaillierte bibliografische Daten sind im Internet über http://dnb.dnb.de abrufbar.

Umschlagbild: Voices of flowers © Yoshinori Mizutani
Umschlaggestaltung: BoutiqueBrutal.com
Druck und Bindung: GGP Media GmbH, Pößneck
ISBN 978-3-99027-404-0

FSC
www.fsc.org
MIX
Papier | Fördert gute Waldnutzung
FSC® C014496

ANNA MARIA STADLER

Halbnah

Roman

JUNG
UND
JUNG

1002.

Ein Erdhaufen, oben hell gefärbt, dahinter die Fläche des Teiches, auf der die Vögel stillhalten. Am Rand, wo sich das Wasser grün färbt, beginnt ein Vogel zu sinken. Es stört ihn nicht, in seinem Schlaf.

1003.

Die Wohnung erscheint Kata verändert, als sie diese ohne Mira betritt. Sie zieht die Tür hinter sich zu. Mira hat ihr den Schlüssel an derselben Stelle hinterlegt, an der sie ihn immer hinterlegt, oder an der er vielleicht ohnehin die ganze Zeit über liegt. Über den Fenstern ein Schleier, als hätte Mira diese seit ihrem Einzug noch nicht geputzt. Ein Geruch nach Verbranntem zieht durchs offene Fenster herein. Es schließt nicht mehr ganz, es lässt sich nur zudrücken, aber auch sonst wäre der Geruch nicht draußen zu halten. Vor dem Fenster setzt das Vordach aus Blech an. Davor ein Baum mit wattigen Kugeln. Die Äste des Baumes bewegen sich und setzen wiederum den Wind in Bewegung. So hat Kata es sich als Kind erklärt. Nichts hat sie seither anderes annehmen lassen.

1004.

Sie haben einander länger nicht gesehen, das heißt, seltener in letzter Zeit. Obwohl Mira Sarah schon länger kennt als die meisten, hat sich zwischen ihnen niemals dieselbe Nähe wie mit anderen eingestellt, außer dann, wenn eine von ihnen oder sie beide betrunken waren. Obwohl Sarah und sie die gleichen Texte gelesen haben, die in ihnen ähnliche Vorstellungen von der Welt und dem Zusammenleben darin zurückließen, obwohl sie gemeinsame Bekannte haben und Erinnerungen teilen, obwohl sie gerne in dieselben Lokale gehen, an dieselben Orte reisen und sich ähnlich anziehen, liegt einiges zwischen ihnen.

Ein moosiges Kanu im Gebüsch, dahinter Bambus, hoch wuchernd. Eine Brache, inmitten der Stadt. Ziegen, Rinder und Enten laufen durcheinander. Eine Landschaft in blassen Farben: helles Grün, Blau, Grau. Hinter dem Zaun zwei Gänse, schwarzgefleckt, mit dicken Bäuchen, ziehen sie die Würmer aus der Erde. Von ihren Bewegungen aufgescheucht, beginnen die Gänse sich Mira und Sarah zu nähern. Zuerst zwei, dann taucht ein ganzer Schwarm aus dem Gebüsch auf, der an den Zaun heranrückt. Sie strecken ihre Schnäbel in den Himmel, rufen ihnen entgegen. Als die erste mit einem Flattern andeutet, den Zaun überwinden zu wollen, weichen die beiden zurück und gehen an der Weide mit den Rindern entlang, die sich aneinander wärmen. Glänzendes Fell. Ob sich Sarah an den Abend erinnert, als Mira zu spät in das Lokal kam, wo sie schon mit anderen saß? Es gab etwas zu feiern. Was, weiß Mira nicht mehr, vielleicht Sarahs Geburtstag. Mira gab sich Mühe aufzuholen, was die anderen ihr schon voraushatten. Am meisten hatte Sarah getrunken. Sie war ausgelassen wie selten, als Mira sie umarmte. Wie froh sie über ihre Freundschaft sei, sagte Sarah dabei. Elias stand neben Sarah, mit dem Arm um ihre Schulter, und war über die ungewohnte Rührseligkeit in Sarahs Stimme nicht weniger erstaunt.

Als Mira sie heute in ihrer Wohnung abholte, musste Sarah ihre Sachen erst zusammensuchen. Mira saß am Küchentisch, während Sarah und Elias um sie herumräumten. Sie war in die Eigengesetzlichkeit einer Beziehung eingedrungen, die sich im gemeinsamen Wohnraum verstärkt. Ob sie sie kurz allein lassen können? Mira nickte artig und blätterte in dem Theatermagazin, das auf der Anrichte lag, während sie so tat, als fühle sie sich wie zu Hause. Die beiden verschwanden im Arbeitszimmer und zogen die Tür zu. Mira hörte sie auf eine Art miteinander sprechen, mit Stimmen, die anders klangen als jene, die sie gerade vor ihr in der Küche gebraucht hatten. Beim Verlassen der Wohnung zog Sarah eine Schwimmbrille aus einer Lade. Weil sie nachher noch schwimmen gehen wolle, sagte sie zu Mira. Ich wusste nicht, dass du schwimmst.

1005.

Sarah hat das Längenschwimmen für sich entdeckt. Nicht des Schwimmens wegen, das sie nicht interessiert. Sie bekommt davon Rückenschmerzen und merkt die Ungeduld der anderen, wenn sie deren Bahnen mit ihren gemächlichen Bewegungen kreuzt. Aber des Abendlichts wegen, das auf den orange gestrichenen Umkleidekabinen liegt, und wegen der Lichtspiele im Chlorwasser, durch das die Schwimmenden mit ihren gutsitzenden Badeanzügen und den enganliegenden Hauben, mit den Brillen, die sie wie übergroße Insekten aussehen lassen, pflügen.

Sie sieht den Kindern am Sprungbrett zu und weicht ihren Sprüngen aus. Sie hängt am Beckenrand, mit den Ellenbogen auf den warmen Fliesen, überblickt dabei die Wasseroberfläche. Sie mag die aufgeheizten Liegeflächen aus rauem Stein. Die alten Duschkabinen mit den kleinen Kacheln. Sie hat es sich zur Gewohnheit gemacht, immer wieder eine gewisse Zeit im Wasser zu verbringen. Manchmal imitiert sie die anderen im Becken und schwimmt ein paar Längen, manchmal treibt sie bloß im Wasser. Sie löst sich dann so lange aus den Zusammenhängen.

1006.

Mira hat sich an der Brücke von Sarah verabschiedet und ihr zugesehen, wie sie in Richtung Schwimmbad davongegangen und hinter dem Hügel verschwunden ist, der ihr jetzt die Sicht verstellt. Der Hügel, von dem es einem entgegenbröckelt, wenn man versucht, das abgeflachte Plateau oben zu erreichen. Mira stellt sich Sarah in der Mitte des Beckens vor, zu allen Seiten hin Wasser, so wie der Hügel einmal zu allen Seiten hin von Sumpf umgeben war. Es sind noch die Rückstände zu sehen, ein seichter Teich zwischen dem Geäst, von Gebüsch umsäumt. Sie stellt sich einen Sumpf wie diesen vor, der sich um die Stadt herum ausdehnt. Ein Sumpf, in dem die Pferde stecken blieben und wo man bei schlechtem Wetter bis zur Hüfte einsank. Mira hat gehört, dass Wege durch den Sumpf angelegt wurden, indem man Äste im Moorboden ineinander verkeilte, sodass ein verdichteter Pfad auf dem losen Untergrund entstand, der an trockenen Tagen Einzelne trug.

Mira geht am Kanal entlang, das Wasser fließt in einer betonierten Form. Wasser, das aus den Mooren in die Stadt gepumpt wurde, kam früher gelb aus den Leitungen. Es sei ein ständiges Ärgernis gewesen, ist ihr gesagt worden, dass in einer Stadt mit einer derart feuchten Umgebung kein sauberes Trinkwasser in die Häuser zu bekommen war. Selbst die Stadthügel gaben kaum Wasser ab, ihr Gestein ist durchlässig. Mira sieht ein dünnes Rinnsal am Felsen herunterrinnen. Felsen aus Plastilin, von großen Fäusten eingedrückt.

Früher reichte der Sumpf vom Inneren der Stadt bis zum Berg. Er schloss die niedrigen Hügel ein, die an verschiedenen Stellen aus ihm aufragten. Wege wie diese, auf denen Mira unterwegs ist, verliefen an den Hügeln entlang, wo der Boden durch die herabfallenden Steine befestigt war, sodass man andererseits der Gefahr von Steinschlag ausgesetzt war. Und dann gab es hier auch andere Steine, Rückstände einer römischen Befestigung, die in dem weichen Boden gefunden wurden. In dem Sumpffeld wird eine frühere Römerstadt vermutet, außerhalb der Grenzen der heutigen Stadt.

Mira räumt lose Steine aus der Felswand in ihren Rucksack, sie wählt die kleineren, die Moos ansetzen. Daneben liegen vereinzelt größere Brocken. Felsstürze, wie sie in dieser Stadt manchmal vorkommen, die Gebäude eindrücken oder in der Größe eines Hauses in Gärten liegen bleiben und wie kleinere Steine aussehen, aus dem Verhältnis geraten.

1007.

Kata sieht eine Fläche im gegenüberliegenden Gebäude, hellblau. Ein Vorhang vielleicht. Schatten, die vorbeiziehen. Menschen vielleicht. Dampf, der aufsteigt. Rauch vielleicht. Das Wohnviertel, in dem Miras Wohnung liegt, grenzt an ein Industriegebiet. Vom Fenster aus sieht sie aufgeschichtete Betonringe. Davor verbogene Stahlgitter und ein fast rechteckiges Feld aus hohen Gräsern, eine Stadtbrache, die verlassen daliegt. Ähnlich dem Gelände, auf dem Mira und sie als Kinder gespielt haben. Sperrmüll, Steinhaufen und Erde türmten sich dort, geschichtetes Holz. Eine Lagerfläche, auf der sie abends manchmal spielten, wenn der Betrieb daneben schon geschlossen hatte. Sie überformten das Abgelagerte mit ihren Geschichten, indem es in ihrer Vorstellung zu Balkonen, Schiffen oder Behausungen wurde. Dazwischen zwei rostige Nägel, die aus einem der herumliegenden Bretter ragten. Kata erinnert sich, wie Mira auf das Brett stieg und das Brett an ihr hängen blieb, wie sie mit dem Brett am Fuß zu ihren Eltern lief, die ihr die rostigen Nägel wieder herauszogen.

1008.

Es sind nur wenige unterwegs, fällt Mira auf, und da es nur wenige sind, fällt jeder Einzelne mehr auf. Auf jedem Blick im Vorbeigehen lastet mehr Gewicht. Die Gesichter derjenigen, die ihr entgegenkommen, erzählen von Ungelegenheiten. Eine Verspätung, ein Fahrrad, das im Weg steht, eine unauffindbare Adresse. Kleine Unzufriedenheiten, eine leichte Gereiztheit eingeschrieben in die Stirnhaut. Die meisten, die jetzt noch unterwegs sind, scheinen ungeduldig an den Abend zu denken. Zufällige Gespräche werden kurzgehalten, Treffen auf unbestimmte Zeit verschoben. Es treten nur wenige aus den Türen der Häuser, aber einige verschwinden dahinter.

Die Müdigkeit, die heute Früh, als Mira am Fenster saß, so schwer gewogen hat, spürt sie jetzt fast nicht mehr. Sie schob einen geschmacklosen Fetzen Orange in ihrem Mund herum und schaute, in eine Decke gewickelt, auf die Menschen, die in Erledigungen verstrickt waren, die von einem Ort kamen oder auf einen zusteuerten, in Kleidung, die ein Sonntagsgewand gewesen wäre, würde es Sonntage noch geben.

Sie ist im Kopf alle Gesichter durchgegangen, von den Menschen, denen sie in den letzten Wochen begegnet ist, und von allen, denen sie häufig begegnet. Sie hat an die vielen Gelegenheiten gedacht, die sie in den letzten Wochen verpasst hat, eines dieser Gesichter weicher zu machen. Sie denkt an ihr eigenes Gesicht und die rauen Stellen darin.

Die Abende werden kürzer, es wird bald dunkel werden. Lampen stehen in den Fenstern und werden dort die ganze Nacht brennen, menschenleere Wohnungen erleuchten, sodass die auf den Straßen nicht auf den Gedanken kommen, dass sie allein hier sind. Und auch die Wenigen, die in diesen Straßen leben, verbergen sich voreinander in ihren Wohnungen, vermutet Mira, während sie vom Gehsteig zu den zugezogenen Vorhängen hinaufsieht. Hätten wir uns nicht hier draußen, in den Cafés und auf den Plätzen, hätten wir uns nicht hier am Fluss treffen sollen? Eine Zimmerpflanze drückt sich gegen ein Fenster, Mira sieht ihre Blätter an der Scheibe, auf der sich die Feuchtigkeit des Innenraums sammelt. Das blaue Licht des Fernsehers zuckt dahinter. Ihr fällt ein, wie sie als Kinder viele Stunden vor dem Fernseher gesessen sind, weil etwas Beruhigendes von diesem Apparat ausging. Wie sich ihnen die Welt darin laut anbot, während sich die Welt draußen leise zurückzog.

Dabei lässt sich nicht aussperren, was gleichzeitig geschieht. Auf den Fernsehbildschirmen in den Erdgeschosswohnungen sieht sie Bilder aus anderen Städten. Raketen, die einschlagen. Raketen, die abgewehrt werden. Autos, die ohne Passagiere in den Straßen stehen. Die Türen geöffnet, die Warnlichter blinkend. Menschenleere Straßen und Straßen, durch die Menschen zusammengedrängt rennen. Sie sieht Rauch aufsteigen. Fahnen schwenken. Uniformierte Menschen. Menschen mit Gewehren an den Seiten. Menschen, die auf Bahren gehoben werden. Körper, in Tücher gehüllt.

Mira fällt der Traum von letzter Nacht ein. Eine Frau hatte sich in ihrem Bad eingesperrt, Mira hörte ihr Schreien. Bis sie die Tür aufbekam, hatte die Frau sich beide Arme und Beine abgetrennt und im Waschbecken zusammengelegt, wo sie sich zu einem blutleeren Gebilde in Hauttönen verbanden.

1009.

Ein verpasster Anruf von ihrer Tante, die Kata erst ein Mal gesehen hat. Schon der zweite heute. Sie ruft zurück, während sie die Schränke in Miras Küche öffnet. Ein halbleeres Glas Erdnussbutter, Reis, mehrere Dosen Erbsen. Sie hört die Stimme ihrer Tante, laut an ihrem Ohr. Die Tante spricht schnell. Ihre Mutter, die Kata gestern zu einem Busbahnhof begleitet hat und die ihre Tante heute von einem anderen Busbahnhof hätte abholen sollen, ist nicht aus dem Bus gestiegen. Also ist sie in dem Bus sitzen geblieben, fragt Kata irritiert nach. Nein, nein, sie ist gar nicht in dem Bus gewesen. Aber ich habe sie in den Bus steigen sehen, sagt Kata, hält in der Bewegung inne. Wenn ich es dir sage, sie ist nicht aus dem Bus gestiegen. Ich habe dort auf sie gewartet, habe allen Ankommenden ins Gesicht gesehen. Ihre Tante spricht so schnell, dass Kata sie kaum versteht. Sie muss mehrmals nachfragen, muss die Tante darum bitten, die Sätze zu wiederholen. Deine Mutter war nicht unter ihnen. Gut, gut, sagt Kata schließlich, ich rufe dich zurück, sobald ich, gut, danke dir.

Kata wählt die Nummer der Mutter, es piept ihr entgegen. *Ruf mich an, sobald du das liest*, tippt sie. Sie räumt ein paar Sachen aus ihrem Rucksack, kippt das Gewand auf Miras Schlafsofa aus, bevor sie die Wohnung verlässt.

Kann es sein, dass die Tante die Mutter nicht erkannt hat, und auch die Mutter die Tante nicht. Kann es sein, dass die Mutter wieder aus dem Bus gestiegen ist, bevor dieser losgefahren ist. Oder, das ist wahrscheinlicher, sie ist zu früh ausgestiegen. Sie stellt sich die Mutter an einem Feld vor, während der Bus davonfährt. Wie sie sich orientierungslos in alle Richtungen wendet. Die Mutter, die erst nach dem Aussteigen ihr Versehen bemerkt. Die nur weiß, dass sie mehrere Grenzen passiert hat, und sich nach einem Ortsschild umsieht. Aber es ist keines zu sehen, wie es an jeder Markierung fehlt, und die Mutter schaut sich um, richtungslos, versucht die Bilder von diesem Ort mit den Bildern in ihren Erinnerungen abzugleichen. Die Bewegung im unbekannten Gelände, ein langsames Vertrautmachen.

Die Orientierung in dieser Stadt, in der sie aufgewachsen ist, ist für Kata einfach. Sie geht einen Weg, den sie schon oft gegangen ist. Sie kennt die meisten Straßen und die kürzesten Wege, auch wenn sie in den letzten Jahren seltener hier war. Trotzdem trifft sie jedes Mal jemanden zufällig an einer Ampel und weiß nicht, ob schon so viel Zeit vergangen ist, dass ein Gruß reicht, oder ob sie stehenbleiben und ein paar Sätze wechseln soll.

Ihr fällt ein, dass sie nachschauen könnte, wann die Mutter zuletzt online war. Sie sucht in den verschiedenen Nachrichtendiensten nach einer Standortanzeige, die ihr zumindest die Gegend verraten könnte, in der die Mutter gerade unterwegs ist. Wenn die Mutter den Bus nach der Grenze zu ihrem Herkunftsland verlassen hat, ist sie jetzt in Gegenden, von denen Kata nur vermittelte Bilder kennt. Erst vor Kurzem hat sie die Mutter gefragt, warum sie nie mit ihr in ihre Heimat gefahren ist. Wie denn, sagte die Mutter.

Ihre Familie habe lange nicht gewusst, dass es ein Kind gibt. Außerdem habe ich Angst gehabt, hier nicht mehr einreisen zu können. Erst seit ein paar Jahren fährt die Mutter manchmal nach Hause, sie fährt dann allein.

Nur einmal hat sie mit der Mutter das Land verlassen. Sie sind lange im Zug gefahren und in einem kleinen Ort ausgestiegen. Der Mutter haben die vielen Tiere in den Straßen gefallen. Tiere, ohne Behausung, sagte die Mutter und zeigte ihr einen Hund mit blutigem Ohr, dem ein Stück fehlte. Das Fell über der Wunde färbte sich grün. Nachts drückten sich die Tiere zum Schlafen in die Hauseingänge, als wären sie den Menschen, die darin lebten, zugehörig. Die Mutter strich einem der Streuner durch das Fell. Zog ihm die Kletten heraus und löste den Filz. Klopfte den Staub ab und sprach ein auf das Tier, mit zartem Tadel.

1010.

Wenn Mira zu viel Zeit drinnen verbringt, beginnt sie der Zustand des Badezimmers anzugehen. Sie merkt es daran, wie sie sich an den Spuren am Spiegel, an den staubigen Mustern am Badewannenrand, an dem verkalkten Wasserhahn und an den Staubgebilden auf den Fliesen stört. Sie versucht mit ein paar Handgriffen etwas gegen die Unordnung im Regal zu unternehmen. Wiederholungen, an denen sie nur wenig interessiert.

Der Gedanke an ihre Wohnung löst einen Unwillen in ihr aus, und sie entscheidet, dass es am besten wäre, noch nicht nach Hause zurückzukehren. Das Stiegenhaus ist ein Schluf, an manchen Tagen zu schmal für ihr Durchkommen. Sie fürchtet, einmal über lange Zeit dort festzuhängen. Oft trödelt sie im Stiegenhaus herum, bindet sich die Schuhe langsam zu, setzt sich auf die oberste Stufe, um ihre Nachrichten am Smartphone aufzurufen. Wenn sie über die Stiege hinuntergeht, tut sie es langsam und verlangsamt ihre Schritte noch mehr, je näher sie der Tür kommt. Wäre es bequemer in ihrer Wohnung, sie würde im Stiegenhaus kehrtmachen.

Dabei fühlt sich die Stadt an Abenden wie diesen weich an und ihr gewogen. Die Mauern geben unter ihren Händen nach, wenn sie mit den Fingern über den Verputz streicht. Die Wärme, die jetzt noch über dem Asphalt hängt, trägt weiter als tagsüber. Nach den Stürmen der letzten Tage versperren Äste manche Wege. Mira hat den Sturm gestern von ihrer Wohnung aus beobachtet, hat gesehen, wie es Stühle über die Straße getragen und ein offenes Fenster im Haus gegenüber aus den Angeln gerissen, wie es eine durch die Straße laufende Frau nur knapp verfehlt hat. Mira hat sich ebenso darüber erschrocken wie die Frau, die sich nach dem zerborstenen Fensterrahmen und den Glassplittern in der Straße umgedreht hat. Dann erst hat Mira den anderen Fensterflügel bemerkt, der noch schief im Rahmen hing, und zitterte, als würde er jeden Moment aus der Fassung rutschen. Sie rief der Frau, als diese es schon selbst bemerkt hatte. Auch die nächsten, die unter dem Fenster durchgingen, warnte Mira, was nur dazu führte, dass diese an der ungünstigsten Stelle stehen blieben. Sie schauten auf die Scherben und den zerbrochenen Holzrahmen zu ihren Füßen und versuchten sich ein Bild zu machen. Achtung, da hängt noch eins, schrie Mira dann und sah das Fenster in ihrer Vorstellung auf den Kopf eines Vorbeigehenden fallen, wollte hinuntergehen, als schon einer vom Restaurant gegenüber die Stelle unterhalb des Fensters mit Stühlen aus seinem Gastgarten umbaute.

1011.

Von ihrer Mutter keine Antwort. Kata scrollt durch den Nachrichtenverlauf. Die letzte Nachricht vor vier Tagen. Sie blute inzwischen seit einigen Wochen, in ihrem Bett seien morgens Flecken, hat ihr die Mutter geschrieben. Warst du irgendwo, hat sie die Mutter gefragt. Sie habe erst im November einen Termin bekommen. Geh lieber ins Krankenhaus, hat ihr Kata geantwortet, dass es auf ein paar Wochen mehr nicht ankommt, hat die Mutter geschrieben. Irgendwann wird es von allein aufhören.

Kata sieht sich um. Der Bahnhof, wo sie vor einer Stunde aus dem Zug gestiegen ist, liegt nur eine Straße entfernt. Die Menschen vor den Lokalen tragen als Lorbeerkränze in Neonfarben leuchtende Ringe in ihren Haaren.

Kata holt sich ein eingedrehtes Ding aus einer Bäckerei. Weicher Schokoladenschaum auf dicht gepresstem Kokos. Die Hauswände hier reflektieren nichts, nehmen alles Licht auf. Sie bemerkt es, während sie in das Gebäck beißt, kehrt mit einer Handbewegung die Brösel von ihrer Jacke. Fliegende Ameisen landen in ihrem Kragen.

1012.

Mira sieht an vielen Stellen noch Spuren des Sturmes von letzter Nacht. Blätter und Äste liegen verstreut, ein Verkehrsschild steht schief in der Fassung. Sie sieht einen Baum, mitsamt der Wurzeln aus der Form gekippt, schräg in ein Feld hineinragen. Mit Holz kann sie wenig anfangen, mehr noch mit der Erde, die an den Wurzeln hängt, am meisten mit der Hohlform, die der Baum zurücklässt. Mira interessiert nur mehr Material, das von kurzer Dauer ist oder schon im Moment des Zeigens in Auflösung. Ihre Mutter dagegen arbeitet gerne mit Holz. Miras Vater verlangt dem Material aus Protest eine Sperrigkeit ab, die sich gegen feste Formen richtet, die Mutter aber legt eine Genauigkeit in den Umgang mit den Dingen.

Ihre Mutter kommt aus einer Familie von Handwerkern, der eine Großvater ein Tischler, der andere ein Bäcker, und baute mit den Kindern detailreich Gebäck aus Ton nach. Als die Kinder schon längst das Interesse daran verloren hatten, formte die Mutter noch mit ihren schmalen Fingern Topfentascherln und Kipferl. Die Mutter hat sich deswegen von ihren Eltern und ihren Brüdern viel anhören müssen. Die Materialien, die sie verwendete, waren denen ähnlich, die in ihrer Familie immer schon verwendet wurden, doch ihr Umgang damit war ein anderer. Sie gebrauchte diese auf eine Weise, in der die Funktion verloren zu gehen schien. Die Mutter reagierte mit Schweigen auf die Fragen, warum sie nicht etwas Gescheites, wieso sie nicht ein Handwerk lernen habe können. Was die Mutter verstand, obwohl es nicht ausgesprochen wurde: dass sie das Holz und den Ton, dass sie das Papier verschwende, dass man auch Nützlicheres daraus hätte machen können.

Mira überquert eine Brücke und geht durch Straßen, die sie nicht wiedererkennt oder in denen sie noch nie war. Das Viertel unterscheidet sich von dem davor, der Müll türmt sich neben den Containern höher, quillt über ihre Ränder heraus. Eine bauchige Tonne ist umgestürzt, ihr Inneres ergießt sich über den Gehsteig. Die Hecken entlang der Straße wuchern ungeschnitten, und die Farbe an der niedrigen Mauer blättert ihr entgegen. Es sind nicht die Menschen, die diese Straßen bewohnen, die über ihren Zustand entscheiden. Andere haben entschieden, dass eine Straße wie diese weniger Zuwendung benötigt. Weil hier niemand lebt, der bei einer umgeworfenen Tonne sofort einen Anruf macht. Selbst die Straßenlaternen sind heruntergedreht, bemerkt Mira.

In einem Schaufenster am Ende der Straße drei Köpfe von Königen, gefertigt aus Wachs. Die Kronen darauf metallisch glänzend, die großen Schnuller in ihren Mündern pink gefilzt, schauen sie alle drei in leicht versetzte Richtungen. In den Straßen dreschen sie mit den Holzkochlöffeln auf die Töpfe, sagen den Kindern: Schlagt laut, schreit laut! Damit euch jemand hört, hier!

1013.

Als Sarah vor dem Eingang zum Schwimmbad steht und zu der Zahl der Badenden auf dem Bildschirm aufschaut, die sich erhöht, während sie hier steht und schaut, zögert sie. Dreht um, um wieder zum Kanal zurückzugehen, wo sie sich kurz zuvor von Mira verabschiedet hat. Wo sie an der Brücke standen und ein Mädchen, lässig die Hände in die Seiten gestützt, ihrem Bruder zurief: I throw you off the bridge, mit einer Zuversicht, dazu fähig zu sein, wenn er sie mit einem weiteren Wort ärgere. Sie umarmte Mira in einer Verrenkung, lehnte sich an ihrem Körper vorbei.

Das Wasser im Kanal ist milchig. Es tropft von den Beinen derer, die sich aus dem Wasser stemmen, hinterlässt trübe Lacken am Boden, als hätte jemand Kreide darin aufgelöst. Es führt keine Leiter in den Kanal oder aus ihm heraus. Das Wasser ist so kalt, dass es niemand länger als für ein paar Schwimmzüge aushält. Vom Herausklettern haben manche rote Kratzer auf der Haut, an jenen Stellen, an denen die Betonwand am Bauch schabt.

Sarah geht am Kanal entlang stadtauswärts. Die Abstände zwischen den Häusern werden größer, füllen sich mit Körpern, die in dem schmalen Grasstreifen in einer Reihe nebeneinander liegen, an einem dieser vielleicht letzten warmen Tage des Jahres. Noch färben sich die Blätter nicht. Es ist ein leuchtendes Grün, in den Gärten, zu beiden Seiten des Kanals. Als würde es sich aus dem Wasser des Kanals speisen, immer leuchtender werden, in einer Intensität, dass es bald auf der Netzhaut schmerzen wird. Wie unwirklich diese Häuser hier aussehen, sagte Mira zuvor. Die wilden Gärten, als würden sie sich selbst genügen, und die Menschen mit den Terrassen zum Wasser und den Liegen unter den Nussbäumen, als müssten sie ihre Gärten nie verlassen. Als gäbe es nichts, das sie in die Stadt drängt, als wäre hier alles im Übermaß vorhanden.

1014.

Mira zweigt zum Friedhof ab, der sich weitläufig aufspannt wie ein Park. Unter hohen Bäumen sieht sie Gräber aufgeschüttet, darauf Fotos in zu großen Rahmen und Plastikblumen, dazwischen Menschen, die hier Bier trinken. Sie steigt über Gräber und bricht durch Hecken, sucht nach einem Ausgang aus diesem durch Mauern in alle Richtungen begrenzten Areal. Ein Bagger versperrt ihr den Weg, zwei Männer in Jogginghosen graben ein tiefes Loch, daneben türmt sich Sand. Sie geht die Mauer ab, weil sie sich an einen Ausgang auf der anderen Seite zu erinnern glaubt, doch als sie an kein Tor kommt, versucht sie über die Mauer zu klettern. Sie stemmt sich hoch und schaut hinunter. Sieht, dass es höher ist, als sie dachte, dass der Abstand zum Boden größer ist. Der Müll darunter türmt sich nicht hoch genug, um weich zu landen. Sie geht weiter über das eingemauerte Friedhofsgelände, während das Licht weniger wird.

Mira hört Tiere im Gebüsch zwischen den Gräbern. Bleibt stehen vor einem aufgeschütteten Haufen, der frischer als die anderen aussieht. Eine Plastikblume steckt darin. *Der das Leben mit dem Tod vertauscht hat*, liest sie auf dem Stein am Grab. Als hätte es sich dabei um ein Versehen gehandelt.

1015.

Sarah geht vorbei an aufgetürmten Steinplatten, dazwischen meterhohes Unkraut, mit ausladenden Blättern. Sie sieht Mädchen, die sich hintereinander auf einem Board gruppieren. Mit jeder Bewegung der einen gerät es aus dem Gleichgewicht, die anderen steuern dagegen. Sie paddeln den Kanal entlang, als würden sie nie etwas anderes tun.

Sarah bemerkt, wie ihr Wasser in den einen Schuh hineinrinnt, und sieht erst jetzt, dass sie in einer Lacke steht. Wegen der Unwetter ist der Kanal an manchen Stellen über das betonierte Ufer getreten, auf den Radweg und die angrenzende Wiese. Wasser, glatt und spiegelnd. In den Lacken liegen manche in Badesachen, während Sarah jetzt schnell durch das stehende Wasser geht, an dieser Stelle, wo ihr die Stadt entgegenkippt, wo der Verlust des Gleichgewichts einen Zugang gefunden hat.

Die Menschen liegen hier dicht nebeneinander am Wasser. Sie teilen sich Decken und Handtücher, berühren einander an den Seiten. Sarah sieht sich um nach einem freien Platz, wo sie ihr Handtuch einpassen kann. Sie wählt den Halbschatten zwischen zwei Mädchen und einer größeren Gruppe, die im Kreis zusammensitzt. Sie ist ihnen so nahe, dass sie alles hört, was zu beiden Seiten gesprochen wird. Wenn Sarah auf ihrem Handtuch die Augen schließt, mischen sich beide Gespräche.

Der Abstand zu Mira ist angenehm. Sarah weiß sie in der Nähe, ohne dass sie ihr zu nahe tritt. Auf gleicher Distanz versucht sie auch anderes zu halten, aber es gelingt ihr selten. Entweder stellt sie aus unterschiedlichen Gründen eine befremdliche Entfernung her, aus der sich manches nur mehr undeutlich erkennen lässt, während anderes erst gar nicht mehr zu erreichen ist, oder aber es kippt in sie hinein, so ähnlich wie ihr die Gespräche hier nahe rücken. Dann wird es für sie unübersichtlich. Als regnete es zum Dach herein, wie in den letzten Tagen, als sie den Regen nachts auf ihrer Haut spürte, und mit ihm die Durchlässigkeit der Wände. Den Regen, der durch das Dach direkt auf ihr Smartphone tropfte und es und alle Verbindungen darin lahmlegte.

Die Gespräche werden ihr zu laut. Sie hört Lachen, von beiden Seiten. Sie steigt zum Wasser hinunter, zieht die Schuhe aus, hält erst einen Fuß, dann den anderen hinein. Auf der anderen Seite klammert sich ein Paar in Badekleidung zitternd aneinander. Daneben eine Frau, ihr langes, leuchtend weißes Haar von einem violetten Tuch zusammengehalten. Sarah sieht ihr dabei zu, wie sie das Wasser aus den Haaren drückt.

Der Kanal ist knapp zwei Meter tief, das Wasser ist an dieser Stelle durchsichtig. Es durchspült die Stadt, schwemmt alles mit sich und durch diese hindurch. Am Grund des Kanals sieht sie eine Sichel liegen, wie eine Schale, wie eine Bohnenhülse, gelb. Sie schiebt den Rock hoch und steigt aus ihrer Unterhose, um sich die Badehose anzuziehen. Die Haut an ihren Beinen gebräunter als sonst und trocken wie immer. Die Unterhose liegt als ein zerknüllter Haufen auf dem Handtuch, im Stoff der Unterhose helle Spuren.

Sie ist unweit der Stelle, an der sie Benjamin durchs Wasser pflügen sah. Er kam in der kalten Strömung nicht vorwärts. Sie beobachtete, wie er ins Wasser tauchte, sah die Bewegungen seines Körpers im durchsichtigen Wasser. Auch sie tauchte ein. Das Eintauchen wie ein Sprung ins Unbestimmte, der Stillstand während der wenigen Schwimmzüge im Eiswasser, bevor sie sich am Gras wieder herauszog. Sie hat die Zeitspanne von drei Schwimmtempi gewonnen.

Sarah bemerkte, dass sich in Benjamins Barthaare wenige helle gemischt hatten. Bemerkte die Haut an seinen Brustwarzen, gekräuselt. Das Bild von ihm in ihr, als wäre es der Überrest eines Druckversuchs. Ich ertrage gerade keine Berührung, hat Sarah heute in der Früh zu Elias gesagt. Zu Mira sagt sie etwas anderes.

1016.

Mira verlässt den Friedhof durch das Tor, durch das sie gekommen ist. Da fällt ihr ein, dass Kata heute eigentlich noch kommen wollte, und sie schreibt ihr, ob sie noch kommen wird, heute. Dann biegt sie um eine Ecke und noch eine, bis sie vor einem Haus mit verwaschenen Mauern steht, das ihr bekannt vorkommt. Vielleicht ist es kein Zufall, dass sie gerade den Weg hier lang gewählt hat. Es ist das Haus, in dem Kata mit ihrer Mutter eine Weile bei einem Bekannten gewohnt hat. Mira überlegt, Kata ein Foto von dem Haus zu schicken. Bretter sind vor der Garage aufgeschichtet, ein rostiges Motorrad steht in der Einfahrt. Sie geht die Grenzen des Grundstücks ab, schaut sich das Haus und den Garten von allen einsehbaren Seiten an. Versucht, ihre Erinnerungen mit dem Bild abzugleichen, das sich ihr hier zeigt.

Mira fällt ein, wie sie nach einem ihrer Streifzüge durch die Stadt mit Kata zu dem Haus zurückkam. Sie erinnert sich daran, dass alle Türen versperrt waren, und Kata hatte keinen Schlüssel dabei. Es gebe nur einen, der Freund der Mutter habe noch keinen nachmachen lassen, erklärte ihr Kata. Dann schob sie den Biertisch an die Hauswand und nahm einen Stein vom Boden, kletterte hoch und schlug ein Fenster ein, griff mit dem Arm vorsichtig durch die entstandene

Öffnung und drückte eine Seite des Fensters auf. Mira stieg hinterher ins Innere und blieb zögernd auf den Scherben stehen, die bei jeder Bewegung knirschten. Sie erinnert sich, dass sie dabei zusah, wie Kata von einem Zimmer ins nächste ging, alle Fenster öffnete. Sie folgte ihr in die Küche, wo sie auch den Kühlschrank aufriss. Darin ein Kombucha-Pilz, nichts als dieser. Von dem Freund der Mutter, erklärte ihr Kata und fügte hinzu, dass ihre Mutter den zweiten weggeschmissen habe, weil sie dachte, dass er schimmle. Dass sie erst dann erfahren habe, dass es darum gehe.

Mira sieht durch das einzige erleuchtete Fenster zwei in der Küche stehen, schaut ihnen dabei zu, wie sie verschiedene Schränke öffnen und wieder schließen. Wie sie sich konzentriert über die Arbeitsfläche beugen, Geschirr in die Abwasch schichten.

1017.

Sarah legt sich zurück auf das Handtuch, lässt das Wasser von ihrem Körper durch den Stoff sickern. Sie sieht, wie die zwei Mädchen neben ihr an der betonierten Einfassung des Kanals Steine aufheben. Dieselben Steine, die auch Benjamin und sie vom Kanal mit zur Straße nahmen, um sie dort zum Trocknen nebeneinander aufzulegen, zu welchem Zweck besprachen sie nicht. Sie legten den Weg schweigend zurück. Loteten einander am Verhalten des anderen aus.

Die Mädchen legen sich gegenseitig die von der Sonne warmen Steine auf Bauch und Beine. Sarah sieht das eine Mädchen einen faustgroßen Stein halten, bevor es diesen der anderen in die Armbeuge legt, die ihn wiederum aufnimmt, ein Stück versetzt, als gälte es, sich jedes Dings anzunehmen, das einem zugetragen wird. Sarah beobachtet die beiden dabei, wie sie sich einander zuwenden, als wäre der anderen mit dem Auflegen der Steine geholfen oder als wäre zumindest den Steinen damit geholfen. Je länger Sarah die beiden beobachtet, desto mehr beginnt sie in diesem Auflegen eine Arbeit zu sehen, etwas zu Erledigendes.

1018.

Mira geht weiter. Sie erinnert sich an einen niedrigen Bau am Ende der Straße, wohin sie die Eltern manchmal zu Veranstaltungen mitgenommen haben, und will überprüfen, ob auch dieser noch hier steht. Wie damals fällt auch heute Licht von drinnen auf die Straße, aber das langgezogene Gebäude erscheint ihr noch niedriger, als sie es in Erinnerung hat. Durch die hohen Fenster, die neu eingesetzt wirken, sieht Mira ein paar zusammenstehen, die sie von woanders kennt. Sie sieht Felix und Benjamin, mit denen sie studiert hat. Die Finger um die Hälse der Bierflaschen gelegt. Mira drückt die Tür auf und geht vorbei an einer Reihe Gläser ohne Kalkflecken, die in regelmäßigen Abständen auf einem Tisch stehen. Sie sieht Wasserflaschen und Weinflaschen in Kühlfächern zum Herausziehen. Wie viel man hier in der Stunde bekommt, als Barkeeper, hört sie jemanden fragen. Dass das keine Bar ist, hört sie die Frau hinter dem Tresen antworten, die verschiedene Flaschen auf- und zuschraubt. Mira sieht Käse zwischen Trauben auf Tellern.

1019.

Als sie weitergeht, sieht Sarah zwei Füße vor sich, in Turnschuhen, in dünnen Socken, tänzelnd. Die Frau setzt den Fuß leicht ab, probehalber fühlt sie den Grund und lässt den einen Turnschuh dann wippen, knirschend auf Asphalt. Kieselsteine so groß wie Zähne reiben zwischen Sohle und Grau. Ein Geräusch ähnlich dem der aufgefächerten Metallplatten in dem Container heute Morgen.

Die Glasscheiben, die Holzrahmen, der Plastikkübel. Alles, was sie hineinwarf, schob sich unter gleichmäßigem Druck zusammen. Sarah dachte an zersplitternde Knochen, als sie die Schilder bemerkte, die vor dem Hineinfallen warnten. Es staubte. Sie stellte sich vor, wie sich die Masse an Unterschiedlichem, im Bauch des Containers, immer weiter verdichtet, mit jedem Ding, das jemand hineinwirft. Wie die Dinge mit der Form auch ihre Funktion verlieren. Während sie zusah, wie sie sich ineinanderschoben, warfen dort Arbeitende mit routinierten Gesten Weiteres hinein. Sarah brachte indessen das Glas zu den Problemstoffen, stellte es dort zwischen Brennbarem ab. Machte ein Foto von einer leeren Wodkaflasche, die sich zwischen anderen Behältnissen neben dem Schild *Problemstoffe* sammelte. Eine Landschaft aus Falten werfenden Stoffen, zerdrücktem Metall und zerborstenen Holzrahmen, kleinteilig. Das Geräusch von nachgebendem Material. Die Verschiebungen, wie von tektonischen Platten. Das verdrängte Material als Gebirge.

Als Sarah dann zu dem Gebäude zurückfuhr, mit dem Leihauto in der früheren Rettungswagenzufahrt parkte, wartete der Bekannte, dessen Zimmer sie übernehmen würde, vor der Tür. Er sei vier Jahre hier gewesen, erzählte er ihr, als er seine Zigarette am

Radständer ausdrückte. Er war einer der Ersten, der eingezogen ist, nachdem sie den Flügel geschlossen hatten. Da standen in manchen Räumen noch die Krankenhausbetten mit den guten Matratzen und die verschiebbaren Kästen. Auch einen Operationstisch hat sich einer gesichert, wofür weiß er nicht.

Am Anfang, als erst ein paar Zimmer belegt waren, war's gespenstisch, sagte er, während er sie durch das Gebäude führte. Er erzählte von einem Alarm, der jede Nacht losgegangen sei. Wir haben ihn tagelang nicht gefunden, und als wir ihn dann gefunden haben, konnten wir ihn nicht abstellen. Jede Nacht, pünktlich um dieselbe Zeit ist der losgegangen. Dann hat sich der frühere Krankenhausflügel schnell gefüllt, die Mieten auf Zeit sind billig, und das Gebäude im Vergleich zu anderen Leerständen noch gut in Schuss. Nun werden sie das Gebäude ja abreißen, vielleicht bald schon. Nächstes Jahr, heißt es. Es ist wie alles nur eine Zwischenlösung in dieser Stadt, in der sich nur wenige neben Wohnfläche auch noch Arbeitsfläche leisten können. Sie folgte ihm durch das Stiegenhaus im Flügel G, in dem die Birnen durchgebrannt waren. Der Flügel hing wie ein abgestorbenes Körperteil an den anderen Flügeln der Chirurgie, in denen weiter Körper aufgeschnitten wurden. In jedem Stock ein großes Fenster. Von draußen drückten Pflanzen gegen die Scheiben. Muster aus wucherndem Gestrüpp und Ranken, als wären sie in einem

Gewächshaus. Als würde es nicht mehr lange dauern, bis sie ihren Weg ins Haus fänden. Vielleicht würden die Pflanzen das Gebäude überformt haben, bevor sie es abreißen, ging es Sarah durch den Kopf.

Der Bekannte bot an, ihr beim Rauftragen ihrer Sachen zu helfen, und es wäre ihr unhöflich vorgekommen, abzulehnen, obwohl sie lieber allein gewesen wäre. Die meisten arbeiten hier, haben sich Büros eingerichtet, nur mehr wenige wohnen hier, sagte er, als er beim Ausladen half. Auch er habe nicht hier gewohnt, nur manchmal, ächzte er, als er in der Kurve von dem Tisch gegen die Wand gedrückt wurde, da sei es passiert, dass er beim Arbeiten einschlief, am Sofa, und dann in der Nacht darauf vielleicht wieder. Weil die Hausbesitzer nicht mehr wollen, dass hier noch jemand wohnt, haben sie das Warmwasser abgedreht.

Sie trugen einen Grill hinauf, den Sarah beim Sperrmüll stehen gesehen hatte und der seither unbenützt am Dachboden stand. Der Grill war an manchen Stellen rostig, keine Kohle darin. Die Person, die ihn hinunter auf die Straße gestellt hat, hat ihn vorher sorgsam ausgeputzt. Die Sorgfalt dem Material gegenüber. Material, das man findet, das einem zufällt, um das man sich kümmert. Sie stellten den Grill auf den Balkon, hinter eine Glastür, auf der *Bügelraum* stand. Man könnte hier, sagte ihr Bekannter, grillen. Es könnte nett sein.

Das Sofa mit den Polstern, untragbar. Ohne die Polster war es so leicht, dass sie es zu zweit heben konnten. Das Manövrieren um die Ecken. Das Material hinterließ seine Spuren an ihnen wie sie an ihm. Ein gesprungener Bilderrahmen schrieb sich ihnen in Linien in die trockene Haut ein. Der Grill hinterließ staubige Spuren an ihren Handflächen. Die Dinge drückten sich ihnen in den Bauch und in die Seiten, als sie diese über die Stiegen hinaufwuchteten. Sie arbeiteten sich auf die gleiche Weise an ihnen ab wie sie sich an ihnen.

Bald war der kleine Raum angefüllt mit Sarahs Kisten. Ob sie das Zimmer wirklich übernehmen wolle, fragte der Bekannte noch einmal, als müsse sie vor etwas bewahrt werden. Ihr habt doch genug Platz in eurer Wohnung, und außerdem wird der Flügel bald abgerissen. Sarah antwortete nicht, sie überlegte schon, wie sie den Arbeitstisch unter das Fenster stellen würde, damit sie sich eine Matratze hereinlegen könnte. Wie alle ihre Sachen hier Platz finden würden, in diesem Raum für sie allein. Aber davon sagte sie zu dem Bekannten nichts, weil sie auch zu Elias nichts davon gesagt hatte. Aber, ist nicht alles auf Zeit, fiel dem Bekannten dann ein, bevor er sich verabschiedete und sie in dem Zimmer zurückließ, das ihr jetzt, als sie die Tür hinter ihm zudrückte, verändert erschien.

Der Ausblick aus dem Zimmer ist weit, stellte sie fest. Sie würde gerne später hierher zurückkommen und heute schon im Flügel G schlafen, aber sie hat noch keine Matratze. Sie denkt daran, wie sie und ihr Bekannter heute Vormittag auch das Bad mit Kisten angefüllt haben. Das Bad, das halb so groß ist wie das in der Wohnung, in der sie mit Elias lebt. Die Tür zum Bad geht jetzt nur mehr einen Spalt auf. Im Waschbecken liegt ein Rucksack, vor der Tür zur Küche steht ein Spint. Ihre Dinge haben sich vervielfacht, auf der kurzen Strecke zum Flügel G. Dabei warten manche Kartons noch in der Wohnung, beschriftet mit *Zerbrechlich* oder *Nichts drauflegen*.

Sarah überlegt, wie sie die restlichen Sachen loswerden könnte. Sie könnte einen Flohmarkt veranstalten. Im Hof könnte sie einen Stand aufbauen und Sonnenschirme aufstellen. An einem Tisch würde sie auf einer Kleiderstange ihren Wintermantel, ihre Hemden, Jacken und Kleider arrangieren, auf dem Tisch davor zusammengelegt ihre Hosen, Socken und Unterwäsche, auch den alten BH, der nur mehr durch ein verknotetes Haargummi zusammengehalten wird. Es würde einen Tisch für das Geschirr geben, und dort wäre auch die Tasse mit dem abgebrochenen Henkel, die jemand mit Superkleber wieder angeklebt hat. Es gäbe auch einen Tisch für ihre Fotos, die lose in Kartons liegen oder auch in ganzen Alben oder gerahmt zu kaufen sind. Es gäbe einen Stand für ihre Tagebücher, die einzeln oder seitenweise aufliegen und von denen Auszüge zur Ansicht auf einer Wäscheleine hängen. Es gäbe einen Tisch für die Bücher, einen für die halbleeren Shampoos und Waschmittel, einen für die Staubkugeln, die sich unter den Regalen und dem Bett sammeln und die sie in verschiedenen Größen und Formen anbieten könnte. Wer soll denn das alles kaufen, würde jemand fragen. Alles lässt sich verkaufen, würde sie antworten. Dann hätte sie alle ihre Sachen aus der Wohnung geräumt, nur mehr der Müll bliebe zurück. Einzelne Möbel- und Kleidungsstücke, die keiner haben wollte, stünden und lägen vor dem Haus herum, und sie müsste mit diesen eine weitere Fahrt zur Müllhalde machen.

1020.

Mira steht unweit der Käseteller, zwischen jedem Finger ein Grissini, trinkt dann mit Felix und Benjamin ein Bier auf einer Backsteinmauer vor dem Gebäude, und bald gehören sie zu den Letzten und müssen mit dem Glasmüll helfen. Manche der Mauervorsprünge und betonierten Flächen, manche der Innenhöfe, in denen sie jetzt hin und wieder ihre Abende verbringt, sind die von damals, als sie die Eltern mitgenommen haben. Sie ist draußen herumgelaufen, so wie jetzt andere Kinder draußen herumlaufen, und hat das Altglas in die Container geworfen, wie sie es jetzt in die Container werfen.

Mira erinnert sich an Teppiche, über den Boden mehrerer Räume verlegt. Ein Kajak, über einem Fluss verspannt. Braune Papiertüten, aufgeblasen an einem Stecken befestigt. Steinstaub beim Umfüllen von einem Gefäß in das andere. Große Stahlschrauben, rostig, geschichtet. Einen Anhänger voller Moorerde, in einer Kurve, darin Kataloge, nach denen sie und andere wühlten. Die Haare des Vaters so wie jetzt die der Brüder. Die Pullover der Mutter weit.

Kata schreibt ihr, dass sie da ist, ob sie ihre Nachricht nicht erhalten habe. Mira antwortet, dass sie unterwegs ist, der Schlüssel liegt, wo er immer liegt, und dass sie ihr später, wenn sie in der Wohnung war, schreiben soll, wo sie sich treffen wollen. Dabei fällt ihr ein, dass sie vergessen hat, für Kata ein Foto von dem Haus zu machen.

Sie melden sich meistens dann bei der anderen, wenn sie etwas voneinander brauchen. So wie: Weißt du, ob dein Bruder das Auto schon verkauft hat, und wenn nicht, wie viel will er dafür? Oder: Hast du schon ein Geschenk für deine Mutter, weil, ich würde mich gerne wo beteiligen, ich komme wahrscheinlich zur Feier. Seit Kata in einer anderen Stadt lebt, sehen sie einander vor allem zu solchen Anlässen. Oder wenn

Mira in der Stadt, in der Kata lebt, etwas zu tun hat und bei ihr übernachtet. Kata richtet ihr dann das Sofa, auf die fürsorgliche Weise, die Kata für Anwesende, aber nicht für Abwesende aufbringt. So wie auch Mira in ihrer Wohnung für Kata heute ein Sofa gerichtet hat.

1021.

Bevor sie Mira am Kanal traf, hatte Sarah die letzten Sachen hinaufgetragen, vereinzelte Gegenstände, die noch in der Einfahrt standen. Sie trug einen Sessel, und im Gehen durch die Stockwerke fiel ihr auf, dass es der gleiche Sessel war, den sie bei Benjamin gesehen hat, das eine Mal, als sie dort war. Als sie etwas abgeholt oder hingebracht hat. Benjamin war gerade am Arbeiten, und neben ihm stand dieser Sessel. Die Oberfläche ihres Sessels ist rau und blätterte ihr entgegen. Ein Schiefer schob sich an einem Finger unter ihre Haut, wo Sarah ihn auch jetzt noch spürt.

Auch bei ihnen zu Hause gab es einen Sessel wie diesen, kommt Sarah jetzt vor. Als müsste an jedem vertrauten Ort der gleiche Sessel zu finden sein. Das Material wiederholt sich. Die Situationen auch.

Während sie weitergeht, denkt sie an Benjamin, wie er Gips auf eine Fläche auftrug. Sarah hätte gerne die Finger in die auftrocknende Masse gelegt. Benjamin, wie er Spuren durch die Fläche zog, regelmäßig. Benjamin, wie er Holzplatten zurechtschnitt. Sarah, wie sie ihm dabei zuschaute, wie er den Staub vom Holz kehrte, voller Konzentration. Er hob die Lackdose auf, kehrte den Staub und die Späne vom Tisch, dann alles auf den Boden, schob es auf die Schaufel, nahm es auf. Benjamin, wie er das Material sorgfältig schneidet, während sie es reißt.

Elias kann es nicht ausstehen, wie sie mit Dingen umgeht. Warum bei ihr alles so schnell kaputtgeht, sich alles so schnell abnützt. Die Kanten abschlagen, die Stoffe einreißen, die Oberflächen zerspringen. Warum sie nicht besser aufpassen kann auf das, was sie umgibt und womit sie sich umgibt. Besonders auf die gemeinsamen Dinge, besonders auf seine Dinge. Dass er inzwischen nicht mehr möchte, dass Sarah seine Sachen anfasst. Sarah argumentiert, dass sich die Dinge durch ihren Gebrauch abnützen. Und dass sie sich bewegen will, ohne ständig aufzupassen, ob etwas zu Boden fällt. Wie sie sich nicht so wie er an die Dinge hängen möchte. Damit es ihr weniger ausmacht, wenn etwas kaputtgeht. Dass es vor allem Faulheit ist, konterte er. Ihre Nachlässigkeit den Dingen gegenüber.

Benjamin dagegen, denkt Sarah, ist auf eine Weise achtsam den Dingen gegenüber, die weniger mit der Pflege des eigenen Besitzes zu tun hat. Er kümmert sich um die Dinge, so wie man sich um eine Pflanze oder um ein Tier kümmert. So wie man sich dem zuwendet, mit dem man lebt.

1022.

Wo sie schon hier sind, sagt Felix, wäre es naheliegend abzuklären, ob sich dort drüben, und dabei nickt er zur Felswand hinüber, noch etwas machen lässt. Mira weiß, wovon die Rede ist, weil immer wieder davon die Rede ist, und in letzter Zeit häufiger. Immer wieder fällt jemandem dieser Ort ein, und die, die sich noch erinnern können, erzählen denen, die nie dort gewesen sind, wie geil oder eigentlich gar nicht so geil es gewesen ist. Wo sie heute in der Nähe sind, ist es naheliegend, stimmt sie zu und denkt sich, bis zum Eingang geht sie mit, weiter nicht, aber reinschauen will sie.

Felix verschwindet im Gebüsch, und sie wartet mit Benjamin an der Straße, bis sie aus dem Berg heraus ein Klopfen hören. Der Zugang ist offen, hören sie Felix rufen, es ist wieder eröffnet, macht Benjamin daraus und klettert voran durch den schmalen Spalt, den Felix von innen aufdrückt. Sie verschwinden in dem zugewachsenen Notausgang des früheren Technoclubs, der sich in schmalen Gängen in den Berg hineingräbt, und Mira stellt sich vor, wie sie hier alle hineindrängten, bis ihr einfällt, dass der Haupteingang an einer anderen Stelle in den Berg führte. Mira hat Videos in schlechter Qualität gesehen, von zuckendem Licht und DJs, die Musik auflegen, die nicht so ganz ihre ist, und sie fragt sich, ob sie hier überhaupt jemals gewesen wäre, wenn sie zehn Jahre älter wäre.

Dass es praktisch war, weil der Berg jedes Geräusch verschluckt hat, hat ihr der Vater erzählt. Weiter drinnen in der Stadt wäre das nicht gegangen, mit dem Lärm, das war im Berg schon gut. Eine andere hat ihr von der Luft erzählt, die dort immer knapp war.

Felix stößt aus dem Lüftungsschacht zu ihnen, das Licht seines Smartphones blendet sie in den Gängen, die wie Schächte eines Bergwerks verlaufen. Ihr Vorhaben, am Eingang zu warten, verwirft Mira, sie sucht mit den beiden, die jetzt euphorisch sind, einen Weg durch die verzweigten Tunnel im Inneren des Berges. Sie gehen ein Stück, leuchten einander mit den Lichtern der Smartphones. Immer wieder zweigt ein schmaler Gang ab, der Hauptweg ist kaum von den Notausgängen zu unterscheiden. Sie sehen Regale, in denen noch Bierkisten stehen und feuchte Kartons. Die Berichte in Foren fallen ihr ein, kurz bevor der Club dichtgemacht wurde. Dass sich einige darüber aufregten, dass den Betreibern alles Mögliche angehängt wurde, von wegen Drogenexzesse, und dass der Anfall dieses einen Besuchers ein epileptischer war und nichts mit Drogen zu tun hatte. Und dass keine Drogen an Minderjährige, sondern nur Mündige, und in welchem Club bitte keine Drogen, aber Minderjährige sowieso nicht, und dass die Betreiber die Drogen nicht selber verkaufen, dass das wie immer nur der Versuch ist, die wenigen Räume, die junge Menschen hier haben, dichtzumachen, und das mit den Rechten sowieso komplett erfunden ist. Mira hat das mit den Rechten, die hier Party gemacht haben sollen, daraufhin recherchiert und ist auf einen Artikel gestoßen, in dem die Betreiber sagen, dass das nur ein Gerücht sei, aber eines, das einen Genickbruch bedeutet. Weil wer von denen, die regelmäßig kommen, kommt denn jetzt noch, wenn sowas erzählt wird.

Dass das mit den Rechten eine Lüge ist, schreibt einer im Forum, weil sie den einzigen Club, den es hier gibt, unter irgendeinem Vorwand zusperren wollen, und eine andere darauf, dass die Zustände seit Jahren wirklich arg sind und sie noch nirgends sonst solche Klos gesehen hat, und die Böden vollkommen verdreckt und die Feuchtigkeit in den Wänden und die

Luft. Und dass sie sowieso nicht versteht, wie man wo feiern kann, wo sich früher andere vor den Bomben versteckt haben, in Gängen dazu noch, die von Zwangsarbeitern gegraben worden sind, dass sie das gruslig findet und irgendwie auch nicht richtig. Darauf reagiert dann keiner mehr. Erst sieben Jahre später ein paar nostalgische Einträge, in denen sich die, die damals hier gewesen sind, die besten Sets aufzählen und weitere wacklige Videos teilen.

Mira hat auch das mit den Zwangsarbeitern im Zweiten Weltkrieg recherchiert und mit dem Lager, das unweit von hier war. Sie hat auch die anderen Tunnel recherchiert, die diesen Berg wie alle anderen Stadtberge unterhöhlen. Die Tunnel, die während des Krieges als Bunker angelegt wurden. Von allen Orten der Stadt war ein Tunnel nahe, in den man bei Bombenalarm verschwinden konnte, und sie denkt an die Menschen, die hier im Feuchten am Boden saßen. Und daran, dass nach dem Krieg in manchen dieser Stollen Schwammerl gezüchtet wurden. Und immer noch werden, hat sie gelesen. Weil die hier im feuchten Dunkel ideale Bedingungen vorfinden, ebenso wie der Schimmel, den sie immer intensiver riecht, je tiefer sie in den Berg vordringen.

1023.

Der Dachboden war nach der ersten Fuhr leer, aber in der Wohnung liegen ihre Sachen noch überall verstreut. Sie wird sie in den nächsten Tagen packen und auch den Rest in den Flügel hinüberbringen. Schon seit Wochen stehen Kartons in der Wohnung bereit, Elias hat sich nicht darüber gewundert. Alles, was sie gemeinsam ausgesucht haben, wird sie in der Wohnung lassen, und trotzdem wird es viele Kartons brauchen, um darin ihre Dinge zu verstauen. Es wird einen Karton für die weichen Dinge und einen für die festen geben.

Elias wird sich wie ein verletztes Tier am Bett einrollen. Sie zählt ihre Versäumnisse an den Fingern ab. Es sind mehrere, sie wiegen schwer. Mit dem Einzug in die gemeinsame Wohnung haben sie füreinander Verantwortung übernommen. So wie für den Hund, der mit ihnen eingezogen ist. Sarah ist erleichtert, dass neben ihrem Bett kein kleines steht, dass sie nicht noch für ein Wesen darin Verantwortung übernommen haben. So verbindet sie nur mehr der Hund und diese Wohnung, und die Nostalgie, die sich wahllos über alles legt.

Im Weitergehen denkt Sarah an den Teppich auf dem Gepäckträger ihres Rades, der nicht mehr in den Lieferwagen gepasst hat. Sie hatte den Lieferwagen schon zurückgegeben und wollte noch etwas mit dem Rad hinüberschaffen, bevor sie Mira treffen würde. In der Mitte knickte das zusammengerollte Gebilde ein, während es zu beiden Seiten auf den Radweg ragte. Sarah versucht die Dinge zu ordnen, dabei ordnen die Dinge sie um.

Sarah fuhr vorbei an orangen Lkws, die in Reihen vor den Hallen standen, fuhr vorbei an einer Holzkirche zwischen Industriehallen und Gemüsebeeten. Die hölzerne Flügeltür der kleinen Kirche gab den Blick in den hellerleuchteten Innenraum frei. Eine Ikone am Altar, von der sie nur wenig erkennen konnte, aber sie sah Sellerie, der in den Beeten wild wuchs. Im Fahren tastete sie zögernd nach hinten. Ihre Finger trafen auf Stoff, der nachgab. Greift man so nach seinem Kind, um zu überprüfen, ob es noch nicht aus dem Sitz am Gepäckträger gefallen ist?

Der Stadtrand besteht aus Gleisen, fiel ihr auf, aber heute fährt niemand ab und niemand kommt an. Ihr Rad klackerte auf den Rillen im Asphalt, aus denen das Gras wuchs. Der Radweg in die Stadt hinein dehnte sich aus, es lagen viele leere Meter zwischen den Gebäuden.

Auch jetzt ist sie wieder in die Stadt hinein unterwegs und denkt daran, dass sie selten solche Strecken zurücklegt, wie sie es heute tut. Sie hat ihr nasses Badezeug eingerollt in ihrer Tasche, die tropfenden Haare zusammengebunden.

Sarah bleibt eine Weile vor einem Haus stehen, das auf eine Weise frontal ist, als hätte es keine Seiten, als wäre es eine Fassade aus Karton, die Wände aus Karton, durch ein Fingerschnipsen zum Kippen zu bringen. Es kommt ihr auch vor, als hätte in jedem der Häuser, an denen sie vorbeikommt, sie selbst oder jemand, den sie kennt, schon mal gewohnt.

Sie kommt an zwei älteren Frauen vorbei, die auf einer Bank sitzen. Als der Johannes noch gelebt hat, sind wir oft ans Meer gefahren, hört sie die eine sagen. Die andere sagt, ich war immer so gerne am Meer. Das Wasser, das Licht, die Luft. In Sarah stellt sich das Bild von einer Lagune ein, mit dichtem Schilf und vorgelagerten Inseln. Dazwischen stehen Boote, die Menschen waten im seichten Wasser. Wenn die zwei Frauen über das Meer sprechen, tun sie es anders als sie. Es ist etwas aus der Vergangenheit, das heute und auch in Zukunft unerreichbar für sie ist. Wenn Sarah an das Meer denkt, ist es, davon geht sie aus, eine reale Option.

Sarah kommt an einer eingezäunten Hundewiese vorbei, einer Begegnungszone. Darin stehen in einem Dreieck Menschen in gleichen Abständen voneinander entfernt vor ihren Hunden, die inmitten des Dreiecks in einem Knäuel verknotet kämpfen. Die Menschen sprechen nicht miteinander, schauen auf ihre Hunde. Wie sich diese begegnen.

Am Zaun neben ihr stehen zwei Jungen. Sarah hört, wie der eine dem anderen voll Stolz erzählt, dass er einen Jüngeren bedroht und ihn geschlagen, und ihm fünfzig Euro abgenommen habe. Er erzählt von der Angst des Kleineren, und sie schlagen lachend ein.

1024.

Sie finden den Barbereich und leuchten den Raum aus. Benjamin fotografiert mit Blitz. Hier könnte man schon etwas machen, weiß jemand, wem das jetzt eigentlich gehört? Sie sehen ein Kondom und Socken auf einem von Schimmel überzogenen Sofa, auf das sich Felix setzt, bevor er sich kurz darauf Sorgen wegen der Sporen an seiner Hose macht und sich abzuklopfen beginnt. Ein lachendes weißes Katzengesicht am Felsen.

Mira dreht um, geht mit gesenktem Kopf den schmalen Gang entlang. Ich gehe raus, ruft sie hinein in die engen Gänge. Bald kehren auch die anderen beiden um, wegen der Luft, die nach vielem riecht und weniger wird. Sie hört ihr Lachen und Reden aus dem Tunnel, als sie sich durch die Öffnung im Blech drückt.

Sie blinzelt in das Licht, das abgenommen hat, und wartet am Eingang auf Benjamin und Felix. An der Straße stehen zwei, die von ihr wissen wollen, ob sie im Wasserspeicher war, sie suchen nämlich den Wasserspeicher. Nein, im Club waren wir, ah, dem Club, von dem es heißt, von München übers, ja ja, dann schauen wir eben da rein, sagen die beiden, und gehen die Stiege zwischen den Sträuchern hinauf, die jetzt Benjamin und Felix herunterkommen. Aber die Tür wieder gut verschließen, rufen sie ihnen hinterher, jaja, winken die beiden ab.

1025.

Der Geruch vom Würstelstand. Das Bellen der Hunde. Sarah setzt sich auf die Lehne einer Bank und beobachtet, wie sie an Leinen vorbeigeführt werden oder Menschen an Leinen vorbeischleifen. Seit der Hund ihre Zuständigkeit ist, verlässt sie der Gedanke an ihn nicht mehr. Auch jetzt denkt sie daran, ob Elias heute noch mit dem Hund hinausgehen wird und ob er ihn an der Stelle am Fluss von der Leine lassen wird, an der die Straße vorbeiführt und wo die Autos schnell fahren.

Der Hund hat ständig ein Bedürfnis, das es zu erfüllen gilt. Außer damals, als er von ihnen nur noch in Ruhe gelassen werden wollte. Sarah erinnert sich, dass er mehrere Tage nicht aufgestanden ist, den Weg zur Futterschüssel nur mehr zurückgelegt hat, wenn es unaufschiebbar war. Sie mussten sie ihm dann direkt vor die Schnauze stellen und ihn hochziehen, ins Wasser hineinschieben, damit er etwas trank.

Auch wenn der Hund irgendwann wieder gefressen hat, scheint er seither nur dann zufrieden, wenn sie mit ihm am Wasser spielt oder wenn er nach einem langen Spaziergang am Sofa schläft. Ansonsten wirkt er gelangweilt oder melancholisch. Seine Bedürfnisse scheinen sich von ihren zu unterscheiden. Es ist anderes, das ihn in der Wohnung und außerhalb der Wohnung interessiert. Sie steht mit ihm lange an einer Hausecke, während er riecht, was hier zu verschiedenen Zeiten passiert ist.

Ihr fällt ein, wie sie sich heute in der Früh den Ellenbogen gestoßen und aus Schmerz oder Überraschung aufgeschrien hat. Da war der Hund sofort bei ihr und wandte sich ihr auf eine Weise zu, wie sie sich ansonsten ihm zuwendet. Er legte sich zu ihr und wartete, bis sie sich gefangen hatte. Ob sie den Hund wie ihre Sachen mitnehmen wird, fragt sie sich, und wer den Hund mehr braucht. Oder: Wen der Hund mehr braucht? Ob sie der Hund nicht am liebsten beide abstreifen würde, um mit anderen zu leben, deren Bedürfnisse mehr seinen eigenen ähneln. Wenn sie dem Hund das Geschirr um den warmen Bauch legt und die Schnallen einrasten lässt, erscheint es ihr eigenartig, einem Wesen eine Leine anzulegen, um ihn in der Stadt an anderen Tieren und lauten Geräuschquellen vorbeizumanövrieren, denen er aus freier Wahl nicht so nahe kommen würde. Sie mag es nicht, dem Hund den Weg vorzugeben, und lässt sich an Kreuzungen von ihm in eine Richtung ziehen. Es ändert nichts an dem eigenartig verschobenen Verhältnis zwischen ihnen, und ihr fällt nicht mehr ein, was sie an der Vorstellung, einen Hund in einer Wohnung zu halten, angesprochen hat. Sie tut dem Hund ständig unrecht, und er ist nachsichtig, wenn er sich am Sofa zu ihr legt und ihr das Gefühl einer Gefährtenschaft gibt, was sie aber nicht vergessen lässt, dass der Hund ein solches Leben nicht für sich gewählt hätte und dass sie eine Verantwortung für den Hund übernommen hat, seit sie ihn auf dem Bauernhof zwischen den anderen warmen Welpenkörpern ausgewählt haben.

Und dann, fällt Sarah ein, ist da auch noch die Nachbarin in der Wohnung über ihnen, für die sie einkaufen geht, seit sie gesehen hat, wie schwer es ihr fällt, die Einkäufe über die Stiege zu wuchten. Sie schaut seither einmal in der Woche zu ihr hinauf und nimmt ihre Liste mit. Meistens sitzt sie dann am Schreibtisch und notiert auf einem kleinen Block, wenn Sarah klopft und die Wohnungstür aufdrückt. Sie unterhält sich aus Pflichtgefühl mit Sarah, weil sie ihr das Einkaufen abnimmt. Auf ihrer Liste stehen meistens Dinge wie Brot, Melone, Käse und die Zeitung. Manchmal kommt Sarah vor, sie schreibt irgendetwas auf den Zettel, und dann ist es ihr einerlei, was Sarah bringt. Sie nimmt den Stoffsack, den sie Sarah jedes Mal mitgibt, entgegen und bedankt sich freundlich, nicht ohne darauf zu warten, dass Sarah wieder verschwindet.

Sarah stellt sich vor, wie sie ihre Sachen aus der Wohnung räumt, wie sie sich von Elias verabschieden wird. Aber da sind noch die Schweigende und der Hund. Die Art, wie ihr die Nachbarin den Stoffsack aus der Hand nimmt, wie sie den Inhalt über den Küchentisch ausstreut. Sarah kann nicht sagen, nach welcher Ordnung sie eine Geste, eine Bewegung, eine Formulierung oder ein Bild in Erinnerung zu behalten versucht. Etwas, das sich auf eine bestimmte Weise querlegt, legt sie in sich ab. Sammelt sie, um es auf andere Weise wieder einmal zu gebrauchen. Die Bilder in ihrem Smartphone ufern aus, manchmal scrollt sie durch, um sich einen Überblick zu verschaffen. Sie hält inne und macht ein Foto von einem Ding am Fensterbrett. Sie hält inne, und notiert die Formulierung, dass sich Schlaf einmal durch Langsamkeit ersetzen lassen wird.

Besonders die Bilder von Benjamin sammelt sie in sich an. Sie geht ihre Erinnerungen an ihn durch, fügt neue in die Reihe ein, die sich in ihr wiederholt. Um nichts zu verlieren, keinen Blick und kein Wort. Die ersten Male hat sie ihn kaum wahrgenommen, sie kannten einander nicht und grüßten sich nicht richtig. Ein erstes Aufmerken mit der Erwähnung von Roland Barthes, im Vorbeigehen fängt sie den Namen auf, von zwei am Tisch in der verrauchten Küche, die in ein Gespräch vertieft sind. Sie setzt sich eine Weile dazu, und dann hat es sich ihr eingebrannt.

Seine Gestalt, seine Art, den Kopf zu halten, wie sprunghaft er im Denken ist. Die Sätze, wie er sie aneinanderknüpft. Und besonders: wie ihn alles angeht, wie ihn betrifft, was andere betrifft.

Wie sie ihn ein anderes Mal beiläufig anredet, ihn beim Namen nennt, ohne zu wissen, dass sie diesen kennt. Sie sehen einander meist abends, unter anderen, streifen einander im Vorbeigehen, vor einer Tür, mit einem Bier in der Hand, in einem Gang. Manchmal sehen sie einander wochenlang nicht, verpassen einander.

Bevor sie einander sehen, ist Sarah ruhig, ausgerichtet auf das Anstehende, und die letzten Begegnungen liegen wie ferne Erinnerungen zurück, sodass sie keine Erwartung an Benjamin hat. Dann sehen sie sich und sprechen miteinander, und ihre Stimmung ist abhängig von kleinen Gesten, einzelnen Wörtern und Situationen, die den weiteren Verlauf bestimmen. Und selbst wenn es ein guter Abend, wenn es ein gutes Gespräch war, verbiegt sich ihr alles in der Erinnerung über Nacht nach einem unruhigen Schlaf. Es sitzt ihr dann der Gedanke an Benjamin über Tage unwirklich im Körper fest.

Sarah kehrt oft erst in die Wohnung zurück, wenn sie sicher sein kann, dass Elias schläft. Dann legt sie sich zu ihm unter die Decke und bemüht sich, ihn dabei nicht zu berühren. Sie sorgt dafür, dass es keine Überschneidungen zwischen ihnen gibt.

Wenn sie in der Nacht heimkommt, verschiebt sich durch dieses späte Heimkommen etwas. Eine Ordnung, an der ihr nichts liegt, gerät aus den Fugen. Sie zieht sich schnell aus, legt ihr Gewand in der Dunkelheit auf einem Haufen zusammen und kriecht vorsichtig unter die Decke, um Elias in seinem leichten Schlaf nicht zu stören. Sie liegt wach, als würde sie über seinen Schlaf wachen, dabei tut sie das schon lange nicht mehr. Elias' Schlaf und sein Atmen gehen sie nichts mehr an.

Sie liegt wach und versucht, das Einschlafen hinauszuzögern. Wer einmal neben ihr geschlafen hat, klagt darüber, dass sie vorm Einschlafen nicht ruhig sein kann. Wer sich mit ihr eine Decke geteilt hat, klagt über die nicht abreißenden Fragen, die einen im Bett neben ihr erwarten. Jedes Thema ist ihr dann recht, sie spricht minutenlang über Fruchtsalat aus der Dose. Ihr Denken gleitet aus Verzweiflung darüber, sich jeden Abend wieder der Müdigkeit ergeben zu müssen, in abwegige Bahnen, klammert sich dabei an alles Vorbeiziehende. Sie liegt wach, bis sich die Bilder des Abends etwas gesetzt haben, als milchiger Spiegel in ihr stehen.

Morgen wird sie die letzten Kartons aus der Wohnung holen, die damit, dass sie die letzten Kartons abholt, zu Elias' Wohnung werden wird, und mit dem letzten Karton, den sie in das Zimmer im Flügel räumen wird, ist der Abschied von Elias vollzogen, obwohl sie weiß, dass sie Elias einmal mehr dazu sagen wird müssen als die wenigen Sätze, die nach keiner Erklärung klingen. Sie haben sich schon vor längerer Zeit voneinander verabschiedet, wird sie sagen, oder etwas in der Art, und er wird es aus Gewohnheit bestreiten. Und obwohl er danach fragen wird, wird sie nichts darüber sagen, dass sie bald, dass sie auch schon jetzt auf andere Weise jemand anderem nahe ist, weil noch nichts begonnen hat, das sich schon benennen lässt, und sie nicht weiß, was es zur Sache tut, was es für ihn zur Sache tut, ob sie alleine in einem Zimmer am Rand des Krankenhausgeländes lebt oder sich bald wieder mit jemandem eine Wohnung teilt, mit dem sie auf eine Weise verbunden sein wird, die sich zwischen Elias und ihr nicht eingestellt hat, so wie sich auch Elias bald wieder mit einer anderen eine Wohnung teilen wird, mit der ihn eine Nähe verbindet, die auch für ihn die gemeinsamen Jahre mit Sarah wie ein Versehen aussehen lassen wird.

1026.

Wenn wir die Körper einmal auf eine Weise modifiziert haben werden, dass Langsamkeit das Schlafen ersetzt, hört Kata jemanden sagen. Sie wünscht sich Langsamkeit. Jede Bewegung vergeht, bevor sie diese noch feststellen kann.

1027.

Sarah rutscht von der Bank herunter und durchquert den Park, kommt an einem kleinen Teich vorbei, in dem ein Storch regungslos steht. Er streckt seinen Hals, neigt sich dabei dem Wasser zu, ohne zu kippen. Er fliegt weg, als sie ihn zu lange anschaut. Der Wind fährt durch den Park. Die Bäume dehnen sich, lehnen sich nahe.

Sie verliert die Orientierung, während sie durch den Park streift, obwohl die Bäume wie Stecken in den Himmel ragen, sodass man durchschauen kann. Sie sieht nur vereinzelt Menschen mit Kindern und Rädern, mit Hunden oder ohne, zwischen den Stämmen umherschlendern.

Ein Kasten, mit Holzbalken eingefasst und darin Sand aufgeschüttet. Im Sand keine Spuren. Sarah balanciert am Rahmen entlang, setzt einen Fuß vorsichtig vor den anderen. Als Kind haben ihre Eltern sie oft am Nachmittag in Parks gebracht. Während sie sich unter einem Baum in den Schatten setzten, sollte sie den Spielplatz erkunden. Sarah saß meistens bei der Sandkiste, um das Geschehen am Spielplatz vom Rand her zu beobachten. Sie sieht jetzt in ähnlicher Weise den wenigen anderen im Park zu, die in der Wiese oder auf den Kanten der Mauern sitzen, Kinder verlieren das Gleichgewicht, das Abendlicht spiegelt sich in den entfernten Fassaden.

1028.

Auch das Kind am Bahnhofsvorplatz, den Kata überquert, fordert Langsamkeit. Es zählt die Mäusehöhlen zwischen den Steinen im Konglomerat der Mauer. Ein Mann mit langem Bart steht mitten am Platz und schreit. Das Kind sieht Kata fragend an, sie schauen dem Mann in das ihnen zugewandte Gesicht. Ich frage mich dann, was ist das Schlimmste, das passieren kann, hört Kata die Mutter des Kindes über den Kinderwagen hinweg zu einer anderen sagen. Dass die Kinder schreien, das ist das Schlimmste, antwortet die Frau sich selbst. Ist es nicht, denkt Kata.

1029.

Als Sarah an der Umzäunung des Parks entlanggeht, ruft ihr einer aus dem Auto heraus zu: He, du süße Maus, hast du heute Abend Zeit? Sie ignoriert ihn, aber er bleibt stehen. Sie geht weiter, ohne sich umzuwenden. In einem Reflex greift Sarah in der Jackentasche nach dem Schlüssel, den sie früher am Heimweg im Dunkeln immer in der Hand gehalten hat, die spitze Kante zwischen den Fingern verborgen, als würde sie diese einem Angreifenden ins Fleisch stoßen können. Die Eltern haben sie ermahnt, nachts nicht den Weg am Fluss zu wählen. Sie soll gehen, wo die Straßen gut beleuchtet und auch in der Nacht noch Leute unterwegs sind. Und wenn sich jemand auf ungewöhnliche Weise nähere, sollen sie zuerst laut *Feuer* schreien, das haben sie ihnen in dem Selbstverteidigungskurs im Turnunterricht eingetrichtert, bevor sie ihnen die Bewegung zeigten, mit der sie den Angreifenden die Nase zu brechen haben.

Wenn Sarah in Begleitung eines Freundes, der in derselben Siedlung wohnte, ging, fiel ihr auf, wie gedankenlos dieser den Weg wählte. Neben ihm ging sie am Fluss entlang, denn es war der schnellste Weg nach Hause. Meist kürzten sie das letzte Stück noch durch den Park ab. Ob er sich gar nichts dabei denke. Was er sich dabei denken soll.

In jedem Gebüsch, das haben sie aus den Zeitungen, von der Turnlehrerin und anderen gelernt, könne einer lauern, und dann liegt alles daran, ob man seinen Schlüssel schnell genug zu fassen bekommt, ob man sich an die Bewegung erinnert, mit der man dem Angreifenden die Nase in den Kopf drücken kann. Das Splittern der Knochen, unter Sarahs Fingern. Wahrscheinlicher: Das Splittern ihrer Knochen, beim Auftreffen auf einen fremden Schädel.

Licht sei besser als Dunkelheit, viele Menschen besser als keine. Dabei kennt sie Geschichten von Freundinnen in gut ausgeleuchteten und belebten Straßen. Tags und nicht nachts. Geschichten von Freundinnen, drinnen und nicht draußen. Trotzdem beschleunigt sie ihre Schritte, wenn die Straße im Dunkeln liegt und die anderen um sie herum weniger werden. Mira hat ihr erzählt, wie sie am Heimweg manchmal laut in ihr Smartphone spricht. Sie sagt dann Sachen wie: Ich bin in drei Minuten da, oder: Danke, dass du mir entgegengehst, oder: Ich sehe dich schon fast! Sarah bevorzugt es, leise zu gehen, um niemand unnötig auf sich aufmerksam zu machen.

Als einmal ein Auto unvermittelt neben ihr abbremste, war es vormittags an einer vielbefahrenen Straße. Das Auto hielt direkt vor ihr an, sodass ihr ein Weitergehen am Gehsteig unmöglich war. Links und rechts stieg je ein Mann aus. Während sich ihr der eine schnell näherte, riss der andere den Kofferraum auf. Ob sie ihnen behilflich sein könne, rief ihr der eine zu, und sie starrte in den leeren Kofferraum. Während nun auch der andere Mann sich schnell auf sie zubewegte, lief der Hund, der im tiefen Gras der Wiese dem Blick der beiden entgangen sein musste, zwischen sie und die Männer, deren Bewegungen sich nun verlangsamten, die nun abwägend den Hund betrachteten. Sarah fand zurück in eine Bewegung, stolperte, ohne zu schauen, auf die Straße und hörte ein Auto abbremsen. Überquerte die Straße und rief den Hund, hielt ihn nah bei sich, als sie auf der anderen Straßenseite weiterging. Sie hörte Türen schlagen, den Motor starten und sah das Auto aus dem Augenwinkel schnell vorbeifahren. Vom Kennzeichnen hatte sie sich nur zwei Zahlen gemerkt, fiel ihr auf, als sie die Wohnungstür hinter sich zudrückte, dem Hund mit den Fingern durchs Fell fuhr.

1030.

Ihre Mutter hat nicht gesehen, wie Kata am Bahnhofsvorplatz vom Roller auf den Beton gestürzt ist, sich das Knie aufgeschlagen hat. Nachdem der erste Schmerz nachgelassen hatte, suchte sie die Mutter und fand sie und Hans, bei dem die Mutter sie manchmal ein paar Tage ließ, und zwei andere, hinten bei den Tonnen, wo sie sich häufig trafen, wo sie laut lachten. Sie zog an der Mutter, mehrmals, bis einer sagte, he, ich glaub, dein Mädchen will was. Sie zeigte ihr ihr blutiges Knie. Die Mutter schaute ihr ins Gesicht, und Hans sagte: Na und, da bleibt dir eine Narbe, das wird noch öfter passieren.

1031.

Ein schmaler Libellenkörper streift Sarahs Oberfläche, sie sieht sein metallisches Grün. Sie stellt sich vor, wie sie sich ein Gewand aus diesem Grün macht und es wie einen Panzer trägt.

1032.

Kata geht über den Bahnhofsvorplatz, an dem sich einiges verändert hat. Besonders die Noppen an den betonierten Würfeln, die Metallstangen zwischen den Sitzflächen, die Gitter auf den Stufen und die in den

Boden eingelassenen spitzen Formen sind mehr geworden, seither. Kata stellt fest, dass es hier zunehmend unwirtlich geworden ist, ungastlich jenen gegenüber, die eine Fläche zum Liegen oder Anlehnen benötigen, wie um zu zeigen, dass sie hier, in diesem Raum, der ein gemeinsamer Raum sein sollte, unerwünscht sind. Dass ein Verweilen nur für jene gedacht ist, die sich auch anderswo Sitzmöbel leisten können.

Saß sie mit Mira nach der Schule hier am Boden, während sie saure Zuckerschlangen vom Supermarkt aßen und Musik hörten, wurden sie von den meisten belächelt. Manchmal ermahnte sie jemand zum Heimgehen, oder ärgerte sich über ihre Beine, die im Weg herumlagen, wenn sie ihre Rucksäcke wie Polster unter die Köpfe schoben, um es sich bequem zu machen.

Saß Kata als Kind mit der Mutter dort, sahen viele weg. Kata versuchte zu verstehen, worauf sich das Kopfschütteln und das starre Abwenden des Blickes bezogen. Sie versuchte die Gründe für das umständliche Ausweichspiel auf diesem Platz auszumachen, auf dem sich manche aufhielten, während andere ihn eilig überquerten.

Sie hat die Abwesenheit einer freundlichen Geste mehrmals beobachtet, und bemerkt im selben Moment, wie sie aus Gewohnheit beim Kauf eines Bustickets in der Trafik den Blickkontakt mit der Verkäuferin meidet. Als wäre es zu anstrengend, in wen anderen hineinzuschauen und einem anderen, wenn auch nur für einen Moment, ausgesetzt zu sein.

Kata will durch die Vorhalle gehen, aber die Eingänge zum Bahnhof sind abgesperrt. An jedem Eingang steht Polizei. Kata bemerkt Unruhe aufsteigen, die der Anblick von Polizei bei ihr auslöst. Während andere von Sicherheit sprechen. Kata hört alle die gleichen Fragen stellen, was denn hier los sei, wann man wieder hinein könne. Dass ein Zug zu erwischen sei, schon bald. Was das soll. Der ganze Bahnhof ist abgesperrt, es fahren gerade keine Züge, hört sie eine Polizistin wiederholen. Über herumstehende Koffer, über herabfallende Dachschindeln hört Kata die Wartenden spekulieren.

1033.

Es dämmert, seit sie aus dem Berg herausgekommen sind. Vielleicht hat es auch davor schon gedämmert. Jedenfalls, es sieht anders aus. Die beiden wollen stadtauswärts, Mira aber will in die Stadt, verabschiedet sich von ihnen. Bis später dann vielleicht noch, sagen sie zueinander, weil sie dieselben Orte kennen. Mira geht stadteinwärts, muss zuvor noch einen Tunnel durchqueren, der die eine Hälfte der Stadt mit der anderen verbindet. Also wieder in den Berg hinein. Ihre Augen haben sich jetzt schon gewöhnt. Es tropft von den Felswänden. Von der Luft hier bekomme ich Kopfschmerzen, hört sie ein Mädchen sagen, gerade als sie denkt, wie gern sie die Luft hier in diesem Tunnel als Kind hatte.

Der Berg spuckt sie aus, sie geht am Fluss entlang, wo die Luft kälter ist, geht gegen die Fließrichtung und schaut auf die Wassermassen, die ihr entgegenkommen. Im Flusswasser schimmern dunkel die Reste der Pfeiler der alten Brücke, von einem Hochwasser weggerissen. Sie kommt an die Stelle, an der Kata und sie in einem heißen Sommer vor mehreren Jahren zu schwimmen versucht haben. Sie sind über die betonierte Wand ins Wasser gestiegen. Kata sorgte sich, wie es aussehen würde, wenn sie hier mitten in der Stadt aus dem Fluss kletterten, und Mira dachte, dass es nicht zu Kata passt, über sowas nachzudenken.

Die Umgebung am Flussufer flockt aus. Kleine blaue Dinge am Straßenrand wippen Mira entgegen. Die Straßenlaternen federn mit ihren Schritten mit, sie sieht die dünnen Metallstangen vibrieren. In ihre Umgebung ist eine Bewegung gekommen, die entweder von ihr ausgeht und sich auf alles andere überträgt oder die in sie ebenso wie in alles andere eingeht. Sie vergleicht das Grau des Gehweges mit dem der Hauswände. Über jedes Gebäude am Fluss zieht sich von einer Hausecke her ein dunkler Schleier, als würden sie immer aus derselben Richtung angeweht.

Am Wasser sieht Mira ein Kind, das im Halbdunkel an einem Abwehrsystem aus feinem Flusssand baut. Die Frustration, wenn das Wasser die Türme und Mauern, die langen Wälle zersetzt, das von Kinderhänden Festgedrückte. Im seichten Wasser daneben sticht ein Mann zum Spaß eine Art Harpune in einen Schwarm kleiner Fische, die ein anderer mit Nussstücken füttert. Er kaut sie wie eine Vogelmutter vor und spuckt sie den Fischen ins Wasser. Sie drängen sich dicht an ihn, knabbern fordernd an seiner Haut, bevor der andere mit seinem Dreizack zustößt. Ein kurzer Blick auf das zuckende Tier, bevor er es abzieht und verwundet wieder zurückwirft.

Mira zieht die Ärmel ihres Pullovers lang, vergräbt ihre Finger darin. Sie hat keine Jacke mitgenommen, weil sie nicht daran gedacht hat, wie lange sie ausbleiben wird. Dabei ist es immer noch wärmer als sonst um diese Jahreszeit. Sie hört Entgegenkommende über die warmen Temperaturen sprechen und über das Angenehme daran. Sie begrüßen den warmen Herbst, der sich vom Sommer nicht unterscheidet, so wie sie die Vögel begrüßen, die schon im schneelosen immer zu schreien und an ihren Nestern zu bauen begonnen haben. Wie es jetzt zu jeder Jahreszeit wärmer ist als sonst um diese Zeit. Denen, die schon länger leben als sie, müsste es stärker auffallen, doch wenn man sie fragt, sagen sie: Manches Jahr ist es wärmer um diese Jahreszeit, manches Jahr frischer.

1034.

Mit süßem Senf, hört Kata einen am Würstelstand sagen, habe ich mir das Maul verbrannt, weil ich so dicht war. Ein Niesen. Helles Autolicht, das sie an der Seite steift. Die Menschen hier wuselnd. An derselben Stelle, vor mehreren Jahren: Mira hielt mit dem Auto kurz am Straßenrand, damit Kata Pommes vom Würstelstand holen konnte. Im Weiterfahren schob Kata abwechselnd Mira und sich eines in den Mund. Sie war konzentriert auf den Prozess der fairen Aufteilung, wie eine Vogelmutter. Dabei bemerkte sie die Baustellenabsperrung nicht, die seitlich näher rückte, und auch Mira bemerkte sie nicht, weil Kata den Blick darauf versperrte. Sie sahen sie erst in dem Moment, als sie mit dem Seitenspiegel des Autos, das Miras Eltern gehörte, daran schleiften. Es krachte, zurück blieben Kabel und ein zerbrochener Spiegel, der seitlich an ein paar Strängen festhing. Sie schwiegen, erschrocken darüber, wie wenig Abstand zwischen dem Auto und anderen Objekten lag.

Sie klebten eine Gemüsetasse aus Plastik über die Überreste des Spiegels, befestigten sie mit Kabelbindern. Schnitten eine von Miras Socken auf und zogen sie darüber. Sie betrachteten das Provisorium, das elegant und lächerlich zugleich aussah.

Die Streifzüge waren Mira und ihr zur Gewohnheit geworden. Als sie älter wurden, fuhren sie manchmal am Wochenende und in den Ferien in eine andere Stadt, um dort durch die Straßen zu gehen. Sie betrachteten die Fenster und Türeingänge, stellten sich andere Leben in dieser Stadt vor. Sie lasen die Botschaften, die an die Mauern geschmiert waren, und die Schriften auf den Aufklebern. Sie stellten sich selbst in dieser anderen Stadt vor und waren erleichtert über all diese möglichen Leben. Sie wünschten sich, sie müssten sich einmal keine Stadt zum Leben aussuchen, nicht einmal für eine Zeit. Sie könnten immer von einer Stadt zur nächsten streunen, die Kletterpflanzen und schiefen Tomaten auf den Balkonen und die Katzen in den Hauseingängen betrachten, in einem Beisl abends ein Bier trinken und Paprika mit Meersalzkörnern so groß wie Kieselsteine essen. Sie säßen in einem Lokal, das in einer ansteigenden Straße läge, mit einer haarenden Katze auf den Knien und

Soße in den Mundwinkeln, und jedes Gespräch mit der Kellnerin oder anderen würde ihnen leicht verschoben erscheinen. Zwar würden sie die gleiche Sprache sprechen, doch würde es sich anderswo nicht nach zu Hause anfühlen, wie sie feststellen, wenn eine Frau mit eingedrehten Haaren stehenbleibt und sie nach den Augen der Katze fragen würde. Smaragdgrün?, und sie würden bejahen. Die Kellnerin würde sie ermahnen, die Katze hinunterzustoßen und ihr nichts zum Fressen zu geben. Bald darauf würde die Kellnerin wieder an ihren Tisch kommen und sie ermahnen, mit dem armen Tier Mitleid zu haben, es streunt hier schon seit Tagen herum wie ihr, seht ihr nicht, wie mager es schon ist, und das Fell abgewetzt, als wäre sie krank, seht ihr nicht, dass sie krank ist, gebt ihr doch etwas aus euren Tellern und lasst sie sitzen auf eurem Schoß. Ein Mann mit gebeugtem Gang würde an ihnen vorüber gehen, und die Tomatenstauden auf den Balkonen würden hoch wachsen. Sie würden das Salz von den Paprikaschoten klauben.

1035.

Mira fällt im Laub ein Vogel auf, der jenem ähnelt, von dem ihr die Schwester aus Australien ein Foto geschickt hat. Sie schaut dem Tier dabei zu, wie es bei der Futtersuche mit dem Schnabel in die Erde hackt. Die Schwester ist bei ihrer Reise dem Vogel, der diesem ähnelt, in einem Park begegnet. Als sie anderen das Bild von dem Tier zeigte, warnte man sie vor dem Vogel, der zur Brutzeit Vorbeigehenden den langen Schnabel in den Hinterkopf schlägt. Man hat ihr dazu geraten, auf bestimmten Wegen eine Sonnenbrille am Hinterkopf zu tragen, um den Vogel zu verwirren. Mira stellt sich ihre Schwester vor, mit einer Brille am Hinterkopf.

Mira schaut auf das Wasser, das sich zusammenschiebt. Vom Fluss her steigt die Luft kalt auf. Sie hört ein Mädchen im Vorbeigehen zu einem anderen sagen, sie habe hier, an dieser Stelle, immer Angst, ins Rollen zu geraten und einfach in den Fluss hinunterzurollen. Mira stellt sich vor, wie sie die gekräuselte Wasseroberfläche durchbricht, einschlägt in dieses Wasser, und, während sie mitgerissen wird, mit den Armen ausschlägt, im Versuch einen der Felsen oder der Äste zu fassen. Notfalls auch eine Hand. Und es tut ihr leid um dieses Mädchen, das an ihr vorbeigeht und das sie, Mira, schon im Wasser sieht. Wer, andererseits, würde es bemerken, wenn sie aufhören würde, sich zu sorgen.

Unweit: Schüsse. Mehrere hintereinander. Mira sieht Rauch aufsteigen, hinter einer Reihe von Bäumen, und einen Schwarm Vögel daraus aufschrecken. Menschen laufen ihr aus dem angrenzenden Park entgegen, gehen hinter einer niedrigen Mauer und den Klettergerüsten des Spielplatzes in Deckung. In ihren Gesichtern steht der Schrecken vor dem Anschlag, den sie vermuten. Es ist ein Feiertag, will Mira ihnen sagen, und: So wird hier gefeiert. Mit einer kurzen Verzögerung setzt nach den Gewehrsalven Musik ein. Irritation, dann Erleichterung in den Gesichtern der Menschen, die sich in das Gebüsch ducken.

Die Stadt kann, weiß Mira, innerhalb weniger Minuten von Stille ins Spektakel kippen. Von einer Minute auf die andere können die Menschen aus den Häusern dieser Straße drängen und die Plätze füllen, wenn schon nicht in einem geteilten Anliegen, so doch in einem gemeinsamen Vorhaben. Vielleicht verlaufen die Vorbereitungen dazu bereits hinter verschlossenen Türen. Sie hat es schon oft erlebt, in dem Ort, in dem sie aufgewachsen ist.

Als Kind hat sie durch ein Fenster und halb zugezogene Vorhänge beobachtet, wie an Gewändern genäht und eine meterhohe Figur an schmalen Stäben befestigt wurde. Wie der Kopf der Figur gegen die Decke stieß und drohend wankte. Sie hat diesen Vorbereitungen zugesehen, ohne die Abläufe zuordnen zu können. Die Eltern sind nur mit ihnen hingegangen, wenn die Kinder darum gebeten haben, und haben die Fragen der Kinder zu den Vorgängen nur ratend beantwortet, als wären auch ihnen die Ursachen nicht bekannt. Die Eltern haben über die Vorgänge im Ort wie über etwas gesprochen, das sie nicht mit einschließt.

Brauchtum, sagten die Eltern, nennt man, was schon vorbei ist. Dieses Fest aber wird ein Brauch werden, antwortete man ihnen lautstark, ein sich ewig fortschreibendes Feiern. Ein Fest, sagten die Menschen in den Straßen, haben wir alle Not. Die Feste feiern, wie sie fallen. Wir leben von einem Fest zum nächsten. Es wird ein Fest geben. Wir werden hineinfeiern in etwas. Mira hat jedes Jahr beobachtet, wie jene, die geladen sind, die Plätze füllen, während jene, die niemand eingeladen hat, von den Rändern her den Vorgängen zusehen, die den Ort innerhalb weniger Minuten verändern. Sie haben nach den fliegenden Ballons und der Zuckerwatte gefragt und die Veränderungen in den Gesichtern der Menschen in den Straßen gesehen, die mit aufgerissenen Mündern lachten und sich an jedem Wirtshaus den schweren Krug auffüllen ließen. Beim Salutschuss hielt die Mutter ihnen die Ohren zu. Die Patronenhülsen regneten neben ihren Füßen zu Boden.

Heute sammelt sich niemand. In keinem Anliegen oder Vorhaben, dem sie sich anschließen oder verweigern könnte. In den Monaten, in denen es einen selbst und andere geschützt hätte, in den eigenen vier Wänden zu bleiben, haben viele ihre Anliegen in die Straßen geschrien, während sie jetzt wieder in ihren Innenräumen verschwinden. Hier hätten sie sich treffen, hier hätten sie miteinander sprechen sollen, aber stattdessen schauen sie, wie Mira an anderen Abenden auch, Videos von Waschbären, die man entgegen ihren Bedürfnissen in Häusern hält. Es hat mit der Bequemlichkeit des eigenen Sofas, der Form der Polster darauf zu tun, vermutet sie.

1036.

Sobald Mira den Führerschein hatte, sind sie manchmal mit dem Auto ihrer Eltern ein Stück gefahren. Im Winter auf den nächsten Berg hinauf, so weit, wie es mit den Sommerreifen noch ging. Auf den Berg, wo Kata das erste Mal Ski fahren war. Miras Vater hat sie auf die Ski gestellt und ihr alles erklärt. Er ist ihr langsam vorgefahren. Und dann ist Kata beim nächsten Mal allein auf den Skiern in das Weiß hineingefahren.

Die Fläche, die sich vor ihr aufspannte, fiel etwa ab der Hälfte seitlich nach links ab, erinnert sich Kata. Sie mussten sie an diesem Nachmittag mehrmals überqueren, immer wenn sie zu dem unteren Lift fahren wollten. Während Mira über den Streifen fuhr, als würde die Piste hier einfach weiter verlaufen, ebenso vorhersehbar wie alle anderen Abschnitte davor, wagte Kata, die ansonsten selten ängstlich war, sich nur zögernd in dieses Stück hinein. Sie versuchte sich mit dem Körper in die entgegengesetzte Richtung zu lehnen, sobald sie den Sog spürte, verlagerte das Gewicht auf die Außenkante. Aber ihre Skier scharrten an der Stelle, wo die Piste seitlich abfiel, jedes Mal kurz aus. Mira dagegen zog ihr Bein schnell zu sich heran, klopfte manchmal wie in einem kleinen Sprung mit dem Ski auf die gepresste Schneeschicht, bevor sie in Richtung der Lifthütte abdrehte. Kata aber kam jedes Mal zumindest der eine Ski aus, sobald sie an jener Stelle war, die man in dem gleichförmigen Weiß nicht sehen, nur spüren konnte.

1037.

Das meiste scheint Mira draußen möglicher als drinnen. Draußen kommt es ihr vor, als könnte diese Stadt ebenso eine andere sein, als würde es nur um ein paar Variablen gehen. Die Zeit drinnen vergeht langsamer, manchmal so zäh, dass sie fast zu einer festen Masse stockt. Mira hält die Zeiten, die sie in Innenräumen verbringt, möglichst kurz, immer kürzer. Sie verlagert Tätigkeiten zunehmend von drinnen nach draußen, so selbstverständlich wie Kata und sie sich früher in den Stadtraum eingeschrieben haben.

Nach der Schule verbrachten sie die Zeit bis zum Abend in einem Park, am Fluss, am Bahnhof oder in einem Einkaufszentrum. Es war dem wenigen Taschengeld geschuldet, aber nicht nur diesem, dass sie es sich zur Aufgabe machten, möglichst wenig zu konsumieren. Was für andere eine Notwendigkeit war, war für sie ein Spaß: Im Supermarkt in den hinteren Regalen das billigste Getränk zu finden, die Pullover und Ohrringe in den Umkleidekabinen unter ihren Jacken verschwinden zu lassen. In den Buchhandlungen die Bücher auf den bequemen Sofas auszulesen. In den Elektrogeschäften die Filme, die dort auf den zum Verkauf angebotenen Geräten liefen, ohne Ton anzuschauen. Die gebrauchten Becher im Möbelhausrestaurant frisch aufzufüllen. Es wurde ihnen gewährt, mit nachsichtigem Kopfschütteln, mit Augenrollen, sie wurden höchstens zum Aufstehen ermahnt, wenn sie im Zug mit ihren Rucksäcken am Boden lungernd die Gänge blockierten.

Manchmal ist Kata auch zu ihr mitgekommen, seltener sie zu Kata. Kata hat noch manchmal bei ihnen übernachtet, als sie schon wieder bei ihrer Mutter lebte. Sie schlief dann bei Mira im Zimmer, und sie sprachen bis lange in die Nacht hinein bei abgedrehtem Licht. In dem Sommer, in dem Kata bei ihnen wohnte, hatte sie ein eigenes Zimmer. Die Brüder teilten sich in dieser Zeit ein Zimmer, sodass Kata Platz für ihre Sachen hatte, dabei war es nicht viel, das sie dabei hatte. Die Frau vom Jugendamt und Kata hatten einen Rucksack mit allem gepackt, was sie für diese Zeit bei ihnen benötigen würde. Die Eltern sprachen zu ihnen von dem Krisenpflegekind. Welche Krise, wollten sie von den Eltern wissen.

Und dann wurde es Winter, und dann wurde es Frühling, und Kata verbrachte auch die Osterferien bei ihnen. Sie war da schon im Internat und ihre Mutter in der Klinik. Miras Eltern hatten mit der Frau vom Jugendamt vereinbart, dass Kata die Ferien und die Wochenenden bei ihnen verbringen könne, bis sie wieder zu ihrer Mutter kann.

1038.

Kata lässt den Würstelstand hinter sich und überquert die vielbefahrene Straße. Von der Mutter immer noch keine Nachricht. Sie nimmt einen Bus, wahllos, so wie sie mit Mira früher manchmal wahllos in Busse gestiegen ist. Sie sind bis zu den Endstationen gefahren und wieder zurück. Kata schaut auf die Geschäftszeilen, die am Busfenster vorbeiziehen, und fragt sich, wie viele Geschäfte und Lokale es in dieser Stadt gibt, in denen sie noch nie war, obwohl ihr manchmal vorkommt, sie war hier überall schon. Es ist eine der Buslinien, fällt ihr bald auf, die aus der Stadt hinaus an die Ränder führen. Die Abstände zwischen den Häusern werden größer, die Gebäude verändern ihre Funktionen. Kata steigt an einer Haltestelle aus, die sie nicht wiedererkennt. Steht orientierungslos da, wie ihre Mutter vielleicht heute orientierungslos an einer Haltestelle gestanden ist.

1039.

Mira versucht sich die Streifzüge wieder zur Gewohnheit zu machen, aber ihre Gewohnheiten haben sich seither verändert, das ziellose Gehen durch die Stadt kommt ihr nostalgisch vor. Sie fährt jetzt auch wieder öfter in eine andere Stadt. Es erscheint ihr neuerdings wesentlich, sich nicht zu lange an einem Ort aufzuhalten. Mehrere Städte sind nur wenige Zugstunden entfernt, sie hat die Wahl. Sie besucht eine Freundin in einer anderen Stadt, und auch dort gehen sie lange am Fluss entlang, durchwandern den breiten Wiesenstreifen, auf dem Gruppen von Menschen mit Grillausrüstung und Laternenketten anrücken, auf eine Weise organisiert, die Mira beunruhigt.

Auch der Weg hier, den Mira jetzt geht, verläuft parallel zum Wasser, während die Stadt zur anderen Seite hin ausdünnt. Das Wasser fließt unterschiedlich schnell, wenn es an engen Stellen über Steinbänke gleitet, während es in tieferen Becken fast zu stehen scheint. Mira sieht die Ansammlungen von Dingen im Durchgang unter der Brücke und neben den Geländern. Ordentlich geschichteter Hausrat von Menschen in Bewegung. Ein Polster, darauf ein gefalteter Wintermantel, für den es noch zu warm ist, ein zugeschnittenes Stück Karton, eine Schüssel aus Plastik und anderes. Sie stellt sich das Unbehagen dieser

Menschen vor, wenn sie ihren Besitz für einen Moment unbeaufsichtigt zurücklassen. Ihr fällt dabei ein, wie Kata und sie sich am Bahnhof in Budapest nach einem Konzert spät in der Nacht in der Vorhalle auf den Boden hingelegt haben, die Köpfe auf ihre zusammengerollten Jacken gebettet, um die Stunden bis zum ersten Zug zu überbrücken. Während Kata fest schlief, beobachtete Mira, wie die Polizei jene, die sich hier jede Nacht zum Schlafen einrichteten, verscheuchte, während sie die Jugendlichen dazwischen liegen ließ.

Ihr fällt auch ein, wie sich die Berichte über Vorfälle häufen, bei denen auf Schlafende auf Parkbänken eingestochen wird. Dass jemand unter einer Eisenbahnbrücke verblutet ist.

Menschen mit blinkenden Neonkronen ziehen über die Brücke. Die Kränze leuchten leicht versetzt in verschiedenen Farben. In der Mitte der Brücke verharren sie kurz als seltsamer Schwarm. Die Männer mit den goldenen Ketten und Kronen, hört sie einen sagen. Darf ich dich in die Wiese schmeißen, einen anderen. Du, meine Nase, eine Frau. Und dann ist da eine Rechnung gekommen von der Feuerwehr. Danke, aber weißt du was. He. Wenn.

Die Wände des Stadtberges auf der anderen Seite des Flusses sind glatt abgeschliffen. Es sollte ihre Überwindung erschweren, früher, als die Berge noch Mauern waren, um die Stadt zu schützen. Als die Stadtberge in den Karten noch weiße Flächen waren, Zonen, die nicht begehbar waren. Mira sammelt gebogene Metallteile auf, die vom Wasser oder anderen geformt zwischen den Steinen liegen, steckt kleinere in ihre Tasche und trägt ein größeres mit sich, dessen Funktion sich ihr nicht erschließt. Wie die Dinge mit der Form auch ihre Funktion verändern. Das Blech, an manchen Stellen eingedellt, dazwischen dünne Verstrebungen.

Mira liest eine Nachricht von Kata. Die schreibt, dass sie schon in Miras Wohnung war, ihre Sachen dort gelassen hat und jetzt in der Stadt unterwegs ist. Eine andere Nachricht ist von einem ihrer Brüder, der ihr schreibt, dass er heute nach einem Sturz über eine Stiege im Krankenhaus aufgewacht ist. Sie ruft ihn an, und er erzählt von der Kopfwunde und davon, dass er sich für mehrere Tage die Haare nicht waschen darf, die Stimme gedämpft. Er spricht von seiner Orientierungslosigkeit, als er allein am Gang des Krankenhauses wach wurde. Mira fragt nach den Details, er kann sich nicht erinnern. Das Unvermittelte eines solchen Ereignisses, dass der Bruder einfach so auf den Kopf fallen kann, wird zu einem fragilen Ding in ihr. Und dabei denkt sie auch an ihren anderen Bruder, wie er die Hängematte an den morschen Masten im Garten bindet, um dort zu schlafen, und dass sie ihm alle davon abraten, sie an diesen Masten zu binden, der federt, wenn man an ihm zieht, und den sie in ihrer Vorstellung in der Nacht auf den Bruder stürzen sehen. Der Bruder, wie er unruhig unter dem Masten schläft, weil er diesen in der Nacht auf sich stürzen sieht, und wie er trotzdem darunter schläft und in der Nacht darauf wieder. Sie denkt an diesen Masten, der noch heute unverändert im Garten steht. Die Sorge um die Geschwister muss begonnen haben, als diese noch klein waren. In Miras Erinnerung hat sich ständig jemand von ihnen verletzt oder war krank. In ihr ist die Vorstellung entstanden, dass sie durch ihr Sorgen etwas abwenden könne, obwohl sich die Eltern ohnehin schon sorgten. Als ließe sich etwas abwenden, wenn sich nur möglichst viele umeinander sorgen. Als die Eltern Kata für einen Sommer aufnahmen, schloss Miras Sorgen auch Kata mit ein.

Sie denkt daran, wie oft sie Kata an deren Wohnungstür abgeholt hat, und denkt dabei an die vielen verschiedenen Wohnungen, in denen Kata gelebt hat. Wenn Katas Mutter müde war oder Kopfschmerzen hatte, durften keine Türen zugeschlagen werden. Wenn Katas Mutter das Gesicht im Schmerz verzerrte, hatte man vorsichtig aufzutreten. Kopfschmerz lauere wie ein scheues Tier hinter der Stirn, hörte sie Katas Mutter sagen. Mira schloss die Augen und verhielt sich ruhig.

Mira erinnert sich an die zugezogenen Vorhänge. Das Flüstern, das geräuschlose Bewegen der Lippen, wenn Kata zwischen dem herumliegenden Gewand ihre Schuhe suchte. Einmal in der Woche kommt eine Frau vom Jugendamt vorbei und zieht die Vorhänge auf, sagte Kata. Es war dieselbe Frau, die Kata abgeholt hatte, als sie zu ihnen gebracht wurde. Kata erzählte Mira später, wie sie mit der Frau vom Jugendamt beim Auto stand, während ihre Mutter sich schweigend an Katas Arm festhielt. Nur eine kurze Pause, damit deine Mutter ein bisschen entlastet wird, waren die Worte der Frau.

Mira fällt ein, dass sie einmal zu Kata sagte, Sprachlosigkeit empfinde sie als lähmend. Sie sei ihr unverständlich, weil sie in einer Familie aufgewachsen sei, in der das meiste angesprochen werde. Das sagte sie zu Kata, und sie bemerkte dabei nicht, wie sich auch in ihrem eigenen Mund manches unausgesprochen verbarg. Kata bemerkte es, wollte aber nicht wissen, was es ist. Ihr reicht eine Ahnung davon und der Raum, der ihr bleibt, wenn etwas unausgesprochen ist, sodass sie noch Vermutungen anstellen kann. Kata muss nicht wissen, welche Form das, was dort liegt, im Moment des Aussprechens annehmen könnte. Es gibt viele Gründe dafür, etwas nicht zu sagen, sagte Kata.

1040.

Kata geht in Fahrtrichtung des Busses an einer Reihe von Häusern entlang. In einer freien Fläche zwischen zwei Häusern ist in einem Schuppen eine Küche eingerichtet worden, die eigenartig fehl am Platz wirkt. Tunnel, mit Folie bespannt, darunter wuchern Kürbis, Zucchini und anderes Gemüse. Kata geht durch das menschenleere zeltförmige Gebilde. Neben der Abwasch stapeln sich Teller, jeder einzelne davon ausgemustert. An der Wand ein Zettel mit Regeln, mit Klebeband befestigt. Offene Wunden, liest sie, müssten verklebt werden. Nach jedem Arbeitsschritt müssten die Hände gewaschen und das Messer gewechselt werden. Die Fingernägel seien kurz zu halten, bei Erbrechen sei ein Tätigsein untersagt.

Kata kocht nicht gerne, aber hier stellt sie sich vor, wie sie mit kurzgeschnittenen Fingernägeln Gemüse zerteilen und in einen der großen Töpfe werfen, wie sie einen Eintopf oder Ähnliches machen würde, in dem viel zu viele Zutaten wären. Ihre Mutter dagegen ist eine geschickte Köchin. Sie kocht nicht nach Rezept, aber sie hat ein Gespür dafür, welche Dinge einander ergänzen.

Die Mutter erzählte einmal auf Katas Nachfrage, dass es bei ihr zu Hause, als sie ein Kind war, meistens

Kartoffeln zum Essen gab. Wenn Kata die Mutter nach ihren Großeltern fragte, schüttelte die Mutter den Kopf. Über den Großvater hat sie die Mutter nie sprechen gehört, über die Großmutter hat sie manchmal wie nebenher etwas gesagt. Ihre Mutter, sagte sie zum Beispiel, die eine Bäuerin und eine Mutter von vielen Kindern gewesen sei, war nach der Geburt des letzten Kindes häufig krank, sodass der Eindruck entstand, sie arbeite kaum noch. Dabei haben sie bemerkt, dass die Mutter, in diesen Jahren, als sie bettlägerig wurde, doch noch etwas getan hat, indem sie jeden Nachmittag einen Topf Kartoffeln aufstellte, und wenn sie dann zu unterschiedlichen Zeiten heimkamen, standen immer gekochte Kartoffeln am Herd bereit, die man einfach so mit Butter essen oder nach Belieben weiterverarbeiten konnte.

Kata verlässt das Zelt auf der anderen Seite, dahinter Gärten. In der Mitte ein Turm aus gedrehten Formen, die nach oben hin schmal zulaufen. Geländer wölben sich wie Schlangen an einer Außentreppe hinauf. Sie sieht Kleinkinder mit den Händen an den Wölbungen entlangstreifen, sie fahren mit der flachen Hand in das eigentümliche Becken am Ende der Treppe, in das der nächste so wie vielleicht schon jemand zuvor uriniert. Kata beobachtet die Veränderung in den Gesichtern der Eltern, wenn sie bemerken, dass es Urinale sind, in welche die Kinder ihre Hände wie in Brunnen tauchen.

Von der Mutter keine Nachricht. Kata findet zurück zu einer Straße, geht in die Richtung, in die sich die Stadt verdichtet. Die Mauern hier sind so hoch, dass sie nicht in die Gärten sehen kann, die Zäune lückenlos, materialisierte Ausschlüsse, die Besitz markieren. Gärten so groß, dass zwei weitere Häuser darin Platz hätten. Kata versucht sich die Fläche eines Freibades vorzustellen, dessen Becken sich mit dem Wasser aus diesen Vorgartenpools füllen ließe.

1041.

Mira antwortet Kata und klickt dann durch die Fotos der letzten Tage auf ihrem Handy, durch die Gleichzeitigkeiten. Ihre Schwester, die aufbricht, für einige Monate ins Ausland. Fotos von Umarmungen nachts im Stiegenhaus. Und schließlich das Bild, das gestern mit einem leisen Klingeln am frühen Morgen aufleuchtete: das Neugeborene einer Freundin. Die obere Hälfte des Kopfes gelb vor Käseschmiere, die kleine Faust, zum Schutz vor dem Mund geballt. Ein Mädchen, in einem Nest aus Decken, weich gebettet.

Mira geht weiter am Fluss entlang stadtauswärts. Sie sieht im Laternenlicht eine verblichene Tafel am Flussufer, die von Renaturierungsvorhaben erzählt. Während der Fluss begradigt daneben verläuft, zu beiden Seiten durch aufgeschüttete Ufer in seinem Fließen geleitet, mäandert er in der Darstellung auf der Tafel verzweigt durch ein Bett mit vielen Inseln. Breitet sich aus, wie es ihm gefällt. In aufwendigen Projekten wird der Versuch unternommen, den Fluss in seinen ursprünglichen Zustand zurückzuführen. Das Wasser ist an dieser Stelle reißend, umspült die Brückenpfeiler mit so viel Kraft, als würde es sie aus ihren Verankerungen reißen wollen. Mira überquert die Brücke. Ihr fällt auf, wie hoch das Wasser nach den Stürmen der letzten Tage ist. Auf tröstliche Weise verbindet die Flut ein Flussufer mit dem anderen. Das Wasser ist schon fast auf der Höhe der Stadt. Noch ein paar Stürme mehr, und es wird die Brücke mit sich reißen. Der Fluss wird über die Ufer treten und alle Dinge, die in dieser Stadt irgendwo angestaut herumliegen, werden zwischen den ausgerissenen Stämmen treiben.

1042.

An den Wänden Plakate, die Kata ein warmes Bad vorschlagen. Plakate, die behaupten, sie müsse besser auf sich selbst achtgeben. *I value myself*, steht über einem zufriedenen Gesicht. *I am calm. I am cared for. My well-being is my priority*, als Schriftzug am nächsten, in Lila. Auf einem Wahlplakat auf der anderen Straßenseite liest sie: *Während Sie das hier lesen, überqueren zwei Illegale die Grenze.*

Mauern verstellen hier den Blick auf die Grundstücke. Sie sieht Scherben in verschiedenen Grüntönen, die in den antrocknenden Putz auf der Mauer gedrückt wurden, sodass man sich im Versuch, sie zu überwinden, die Hände aufschlitzen müsste.

1043.

An einer Wand ein Plakat, an den Rändern aufgewellt vom Regen der letzten Tage, beginnt es sich von der Mauer zu lösen. Darauf ein verblassendes Motiv, verdoppelt. Etwas an dem Plakat ist Mira vertraut, aber sie kann keinen Zusammenhang herstellen. Dahinter liegt das Krankenhausgelände, sie kennt es vom Durchgehen und von den Gelegenheiten, wenn sie hier jemanden besucht hat. Sie wählt auch jetzt den Weg quer über das Gelände, zwischen den Gebäuden durch, die in verschiedenen Abständen zueinander auf diesem Areal stehen.

Ihr fällt eine große Uhr über einer der Türen auf, die aussieht, als passe sie nicht zu dem Gebäude oder das Gebäude nicht zu ihr. Sie hört ein Geräusch, das sie nicht zuordnen kann. Mira sieht drei Pflegerinnen mit Strohhalmen aus Saftpäckchen trinken. Sie sitzen auf einer Bank vor einer sich automatisch öffnenden Tür und sprechen in verschiedenen Sprachen miteinander. Die Rollos in den Fenstern des Gebäudes sind auf unterschiedliche Höhen gezogen. Mira sieht Handbewegungen zwischen den Rollos. Man kümmert sich hier. Sie weiß die Menschen in diesen Gebäuden sicher verwahrt.

Durch eines der Fenster schaut sie in einen langgestreckten Vorraum, in dem jetzt nur mehr wenige Menschen sitzen. Sie sieht viele Türen abgehen von diesem Vorraum und denkt an die Bilder, die in diesen Räumen entstehen. An dieses Hinwarten auf die Bilder, dass sie einem sagen, was sie bedeuten, dass die, die ihr Leben mit der Herstellung solcher Bilder und ihrer Deutung, die ihr Leben neben Räumen voller Strahlung verbringen, einem Dinge erklären, die sich nur erahnen lassen. Ein Fleck auf dem Bild, ein Schatten, an der Stelle, wo eine Rippe sein sollte, ein Schatten, der eine Rippe anfrisst, auf dem Bild.

Mira stellt sich vor, wie sich hinter einer dieser Türen mehrere vor einem Bildschirm versammeln, wie sich mit der Bewegung des Cursors die Aufnahme verändert. Eine Ebene folgt auf die nächste, als hätte man den Kopf abgeschnitten, schaut man zwischen den Schlüsselbeinen von oben hinein in den Körper, und mit der Bewegung, mit der Abfolge der Bilder bauen sich die Organe auf, setzen sich zwischen den rahmenden Rippen zusammen, indem die dunklen Formen auf dem Bild sich weiten und wieder verengen. Es baut sich das Bild eines Oberkörpers auf. Von dem Bild am Schirm würden sie hinüberschauen, zu dem Oberkörper, der sich im Schlaf hebt und senkt, zu der Haut über den Rippenbögen, die alles verbirgt, was das Bild behauptet. Mit jedem Atemzug widersetzt sich der Körper den Bildern, durch die sie sich immer schneller bewegen, sodass sich ein Film aufbaut, und dann wieder tragen sie ganz langsam Ebene für Ebene, Schicht für Schicht ab, ziehen die eine Aufnahme, die sie brauchen, heraus aus dem Bildschirm, die Ebene, in der sich der Schatten am deutlichsten abzeichnet, anhand derer sie erklären, dass hier der Fleck den Knochen frisst, ziehen sie heraus und beugen sich darüber und warten, dass sie sich im Neonlicht verändert, dass das Bild kippt und sich verschiebt, dass ihnen etwas anderes gezeigt wird.

Wenn sich nichts tut, stellt sich Mira vor, greifen sie nach ihrer Tasche mit den Zeichensachen darin und legen die stumpfen Bleistifte vor sich hin, suchen nach dem Radiergummi, der schmiert, aber gut genug ist, wenn sie vorsichtig an dem Fleck herumradieren.

Ganz tief beugen sie sich über das Bild, ganz vorsichtig radieren sie, damit sie nichts anderes erwischen, alles andere unbeschadet bleibt. Wischen die Radierbrösel von dem Bild herunter und zeichnen da, wo der Fleck war und jetzt nur mehr ausfransendes Papier ist, den Rippenbogen nach, malen ihn schön aus, sodass das Bild wieder vollständig ist. Keine Schicht stört mehr, jede fließt in die andere.

Eine Frau im Arbeitsgewand zieht beide Flügel des Fensters, durch das Mira in das Gebäude schaut, gleichzeitig zu. Mira geht weiter, und es kommt ihr einer mit zwei Skistöcken entgegen, die er zum Gehen verwendet. Er trägt Schlapfen, die klackern. Das Geräusch von Haut auf Plastik. Die meisten Bänke sind jetzt schon leer. Die Menschen am Areal verschwinden schneller in den Türen, halten die Wege zwischen den Gebäuden kürzer. Verordnungen in den Händen. Eine Frau im Arbeitsgewand bleibt stehen, tippt auf ihrem Smartphone, dann nimmt sie im Gehen eine Sprachnachricht auf. In den Händen hält sie eine orange Klarsichtfolie mit Papieren darin. Nachdem sie in einem der Gebäude verschwindet, ist ihre Nacht für Mira nur mehr vorstellbar. Rucksäcke über Schultern. Eine mit einem Verband, der über ihrem Gesicht verläuft, steigt in ein Auto. Eine andere mit einem Blumenstrauß, den sie verkehrt herum trägt, die Köpfe zeigen Richtung Boden. Sonnenschirme auf einer Dachterrasse, abgespannt bis zum Frühling.

Mira verlässt das Gelände auf der anderen Seite und geht, ohne eine Entscheidung zu treffen, weiter durch Straßen, wo viele Gebäude nach Leerstand aussehen. Sträucher drücken von außen gegen die Scheiben der Fenster. Nur wenige der Häuser sind zur Nutzung freigegeben. Die Bäume in den schmalen Vorgärten bilden eine kleinteilige grüne Wand. Die Blätter verdecken die Sicht auf die Gebäude wie ausladende Fächer. Mira erkennt dahinter Hallen, in denen manches verräumt und anderes gelagert wurde. Sie steigt über einen niedrigen Zaun, liest *Kartonage* über einem Glasfenster. Davor ein Hof, durch den ein schmaler Kanal verläuft, etwas Wasser sickert darin. Mira wundert sich über diese verlassenen, freien Flächen, die in einem Kontrast stehen zu den dicht gedrängten Gebäuden im Zentrum, die wiederum oftmals ebenso ungenutzt sind. Doch während dort von keiner Wand etwas abgetragen und keiner Mauer etwas hinzugefügt werden kann, sehen die Wände hier bearbeitbar, die Bauteile verschiebbar aus. Mira sieht loses Material, das sich in den Vorgärten und auf den Lagerplätzen stapelt. Sie sieht zwischen zwei Bäumen eine engmaschige, aber durchlässige Plane gespannt. Der Stoff flattert, scheinbar transparent für das Dahinter, bedruckt mit einem Bild der möglichen Fortsetzung einer Baumkrone, von dem sich nicht mit Sicherheit sagen lässt, ob es sich mit dem, was dahinter ist, deckt.

Mira geht weiter, folgt dem Verlauf der Straße. Nicht weit von hier, weiß sie, liegt das Feld, aus dem sie eines Nachts am Heimweg mit Kata dünne Karotten aus der Erde gezogen hat. Die Lichter der Autos im Stau wie Festtagsbeleuchtung. Sie könnte lange so gehen, denkt sie, und dabei beginnen ihre Füße gerade kalt zu werden.

1044.

Das hier hat nicht für alle den gleichen Charme, hört Kata jemanden sagen. Sie sieht nicht von ihrem Smartphone auf, überprüft nicht, worauf sich die Bemerkung bezieht. Sie öffnet den Nachrichtenverlauf mit ihrer Mutter, ihre eigene Nachricht ist immer noch die letzte. Sie stellt sich ihre Mutter vor, wie sie irgendwo vor einer Grenze aus dem Bus gestiegen und von diesem Ort an einen anderen weitergefahren ist. Sie stellt sich vor, wie ihre Mutter durch Straßen geht, in denen sie noch nie zuvor war, und dabei schon ans Weiterfahren denkt. Ihre Mutter, weiß Kata, interessiert sich für das, was in der Zukunft liegt. Kata fragt sich, wie sie damit umgeht, dass immer weniger statistische Zukunft vor ihr liegt, während sich die Vergangenheit hinter ihr anhäuft.

Ihre Mutter spricht selten von der Vergangenheit. Alles, was Kata von der Zeit jenseits ihrer Erinnerung weiß, hat sie mühsam erfragt. Wenn Kata die Mutter nach der Klinik fragt, erzählt sie ihr in leichten Variationen immer dasselbe. Wie sie sich selbst in einem Bett liegen sieht, dass ihr alles unterschiedslos erscheint. Sie kann sich kein Urteil bilden über die Bilder an den Wänden, über die Mahlzeiten auf den Plastiktellern, über die Menschen, die in ihr Zimmer kommen. Die Mutter erzählt dann, wie sie in dieser Zeit, deren Dauer sie nicht angeben kann, die Zusammenhänge zwischen Objekten und ihren Bedeutungen vergessen hat. Sie ist in ihrem Bett gelegen und hat auf die Dinge im Raum geschaut, sie hat dabei aber weder den Schrank als Schrank noch das Regal als Regal, sie hat nicht einmal den Pfleger erkannt. Sie hat nur Bewegungen im Raum wahrgenommen, ohne diese zuordnen zu können oder zu verstehen, von wem oder was sie ausgehen. Nach ein paar Tagen, die sie erst im Nachhinein als solche benennen habe können, so die Mutter, konnte sie die Fläche vor sich als Vorhang erkennen. Immerhin, sagt ihre Mutter dann in einem Nachsatz, habe sie in diesen Tagen keinen Schmerz empfunden. Wobei, wenn da einer gewesen wäre, sie hätte ihn nicht wahrnehmen können. Sie hätte den Schmerz nicht von anderen Empfindungen unterscheiden können.

Wenn Kata die Mutter fragt, ob es schmerzhaft gewesen sei, sie auf die Welt zu bringen, sagt die Mutter, die Schmerzen seien noch viel schlimmer gewesen, als alle behauptet hätten. Alle haben gelogen. Die Schmerzen, sie habe geglaubt, sie werde wahnsinnig vor Schmerzen. Wenn Kata sie nach sich als Kind fragt, erzählt die Mutter, dass Kata in den ersten Jahren oft fieberte. Wie nervös sie geworden sei, wenn die Temperatur am Fieberthermometer wieder über 39 Grad stieg, in der Erwartung, Katas kleiner Körper würde sich verkrampfen.

Dass jede Wirklichkeit brüchig ist, hört Kata jemanden im Vorbeigehen sagen, es könnte auch einfach keine Fichten mehr hier geben, hätte sich der Borkenkäfer, wie sie dachten, ausgebreitet. Kata hat zu Fuß fast die ganze Strecke zurückgelegt, die sie zuvor mit dem Bus gefahren ist, hat dabei aber eine andere Route gewählt. Sie ist jetzt nicht mehr weit vom Zentrum entfernt, wobei sie sich fragt, woran dieses auszumachen ist. Sie hat von den Pufferzonen gelesen, die zwischen den denkmalgeschützten Teilen und jenen Teilen einer Stadt liegen, die nicht unter Denkmalschutz stehen, und fragt sich, ob sie gerade eine solche Pufferzone durchquert. In den Pufferzonen, stellt sich Kata vor, ist manches noch beweglicher, aber schon nicht mehr ganz so beweglich wie an den Rändern der Stadt.

Kata setzt sich auf ein Mauerstück vor dem Gericht, dabei fällt ihr der Ton auf, der Jugendliche von diesen betonierten Flächen fernhalten soll. Der Ton ist so hoch, dass man ihn immer weniger hört, je älter man wird. Kata klickt am Smartphone wahllos durch Videos. Ihr wird ein mehrstündiges Video vorgeschlagen, in dem es schneit. Der Bildausschnitt verändert sich nicht. Das Video mit dem Geräusch von fallendem Schnee, welches das Herz beruhigen soll, hat mehr als drei Millionen Aufrufe. Sie klickt es weg und beobachtet zwei Skateboarderinnen, die sich abwechselnd dabei zusehen, wie sie an den Kanten der Sitzelemente entlanggleiten. Kata bemerkt, dass das eine Mädchen ihr Gesicht, das von einer kürzlich erlebten Ungerechtigkeit erzählen will, verschlossen hält. Das Mädchen tritt in regelmäßigem Abstand gegen die Kante der flachen Stufen.

1045.

Ist das eine Stadt?, hört Mira ein Kind seinen Vater fragen. Ja, antwortet ihm dieser, löst die kleinen Finger von seiner Jacke, nimmt die Hand des Kindes in seine Hand, um es besser hinter sich her ziehen zu können. Was ist das, eine Stadt?, will das Kind wissen. Stadt, das ist da, wo viele Menschen wohnen, antwortet er. Mira sieht das Nicken des Kindes und das Zögern des Vaters. Man könnte auch sagen, sagt der Vater, es ist eine zentralisierte und abgegrenzte Siedlung mit einer eigenen Verwaltungsstruktur. Das Kind hört ihm schon nicht mehr zu, bückt sich nach einer Coladose, die am Straßenrand steht, und klopft dagegen. Eine Weile ist es mit dem Geräusch beschäftigt, das die Dose macht. Als es daraus trinken will, nimmt der Vater dem Kind die Dose aus der Hand. Da hat schon ein anderer daraus getrunken, setzt der Vater an. Das Kind meutert, und er muss seine Erklärung mehrmals wiederholen. Um es auf andere Gedanken zu bringen, beginnt er mit dem Kind ein Gespräch, von dem Mira nur mehr manches versteht. Ihr Tempo wird langsamer, während das der beiden vor ihr zunimmt.

Bei der Ampel hat sie das Kind mit seinem Vater wieder eingeholt. Das Kind hockt über einer Ameise, es beobachte ihre Verwandlung, sagt es zum Vater. Was für eine Verwandlung, fragt sich Mira, da hört sie das Kind von den Flügeln sprechen, welche die Ameise als Küken noch hatte. Der Vater nickt dem Kind zu.

Warum heißt das dort Baum?, hört sie das Kind fragen und sieht es auf die Stämme auf der anderen Straßenseite zeigen. Und seit wann heißt das so? Warum heißt es nicht, überlegt das Kind und beginnt Wörter zu erfinden, die lustig klingen. Mira sieht dem Vater an, dass er erleichtert ist, der Verlegenheit entkommen zu sein, mit dem Kind die Willkür der Sprache zu diskutieren. Er fügt wie das Kind verschiedene Laute zusammen, und das Kind lacht über den Klang, den das erzeugt. Sie sprechen über manches, vermutet Mira, über das sich in unserer Sprache nichts sagen lässt. Ihr fällt das Buch in den Händen des Kindes auf. Es ist ein Faltbuch, wie sie selbst als Kind eines hatte. Mit dem Umschlagen jeder Seite tat sich ein neuer Raum auf, jeder anders eingerichtet. Indem man umblätterte, wechselte man von einer Situation in die nächste. Dabei konnte zwischen den Seiten allerhand verlorengehen, erinnert sie sich. Sie geht jetzt schneller, verliert das Kind und seinen Vater aus den Augen.

Das Buch hatte sie von ihrer Großmutter, die auch irgendwann zwischen den Räumen ihres Hauses verlorengegangen ist. Manches bleibt ungreifbar, das haben sie von der Mutter gelernt. Manches verkeilt sich widerspenstig in einem Winkel und verlässt auch nach dem Tod das Haus nicht. So wie die Großmutter nach ihrem Tod noch mehrere Wochen durch die Gänge des Hauses gestrichen ist. Der Großvater versank im Ohrensessel und drehte den Fernseher laut. Wenn sie ihn fragten, ob er nicht einsam sei, so allein im Haus, antwortete er, er sei ja nicht allein, die Großmutter sei ja noch da. Er höre sie die Wäsche im Nebenzimmer in den Zirbenkasten räumen und nachts an der angelehnten Zimmertür vorbeigehen. Er höre das Knarzen des Holzes unter ihren Füßen. Es wundere sie nicht, sagte die Mutter zu ihnen. Dass ihre Mutter noch in diesem Haus sei. Ein Haus im trichterförmigen Schatten eines Berges, der sich auch im Sommer zu jeder Tageszeit schützend über die Wände legt.

Manches bleibt von einem zurück in dem Haus, in dem man gelebt hat, das wissen sie von der Mutter. Sie wissen aber nicht, welche Dinge es sind, die zurückbleiben. Die Mutter sagt, dass keine Hand sie greifen kann. Sie beschreibt sie ihnen als Gebilde, die in einem Staubfang in den dunklen Ecken der Häuser hängen und nicht loskommen, die man ausräuchern muss, wenn man sie hinaushaben will. Weshalb sie Weihnachten jedes Jahr, bevor an Essen oder Geschenke zu denken ist, räuchern gehen müssen. Sie gehen dann in einer Prozession, die Mutter voraus mit dem Kreuz. Die Schwester mit Weihwasserschüssel und Zweig, in eine Weihrauchwolke gehüllt, und der Vater mit den glühenden Kohlen in der Pfanne, hintennach noch die anderen, jemand mit einem Stück Kreide, wenn etwas anzuschreiben ist. Sie gehen alle Zimmer ab und machen in jedem von ihnen die richtige Anzahl an Weihwasserkreuzen, für jeden Schlafenden eins. So gehen sie von Zimmer zu Zimmer, nach Jahren nur mehr halbernst, rempeln sich im Gehen an, spritzen sich mit dem Weihwasser in die Gesichter, räuchern sich die Haare, während die Mutter unbeirrt weiter betet und sie höchstens ermahnt. Einer segnet das Klo, und abschließend müssen sie mit Weihwasser und Weihrauch noch hinaus in den Garten, zum Hasenstall, auch wenn der Vater nicht mehr mitgehen mag und stattdessen das Wasser für die Nudelsuppe aufstellt. Dann wird das Kreuz mit dem schiefen Jesus darauf in die Ecke gehängt, damit in keinem Winkel mehr ein böser Geist wabern kann. Sie wollten von der Mutter wissen, wie man es vermeiden kann, auch die guten Geister hinauszuräuchern, den der Großmutter etwa. Die hält sich schon fest, die Großmutter, sagte die Mutter, da braucht ihr euch keine Sorgen zu machen.

Die Großmutter vermuteten sie nicht in den Schlieren am Himmel knapp über dem Berggipfel hinter dem Friedhof. Die Großmutter sei stur gewesen, die werde sich noch lange im Haus verkeilen, sagte die Mutter. Als Kinder fürchteten sie den Gang durch den dunklen Keller. Großmutter, bitte, lass uns in Ruhe, flüsterten sie dann in die finsteren Kellerräume hinein, wo der Großvater zwischen dem Hochwasserschimmel die Weinflaschen und Holzwerkzeuge lagerte. Kein Geist wird zu euch kommen, wenn ihr das nicht wollt, sagte die Mutter beim Einschlafen zu ihnen. Sie spüren, wenn ihr euch fürchtet, und bleiben weg.

Und trotzdem, wenn sie den Großvater besuchten und die Mutter ihm am Herd ein Gulasch aufstellte, das nicht wie das der Großmutter schmeckte und sich schon in der Farbe unterschied, schlichen die Kinder auf der Suche nach ihr durch die Räume. Die Großmutter verbirgt sich am ehesten in der kleinen Kammer unter dem Dach, vermuteten sie. Im Lesezimmer, das sie sich eingerichtet hatte, sobald ihre Kinder erwachsen waren. In das frühere Kinderzimmer stellte sie mehrere Regale und in die Regale mehrere Bücher. In der Mitte des Raums stand noch unverändert der Holztisch mit der Lampe, ein Buch lag aufgeschlagen daneben, als wäre der Großvater seit dem Tod der Großmutter nie in das Zimmer gekommen oder aber als würde die Großmutter sich noch jeden Abend hierher zum Lesen setzen. Sie flüsterten zwischen den staubigen Büchern nach der Großmutter, aber sie zeigte sich nicht zwischen den Seiten. Und sie zeigte sich auch nicht in den Schubladen mit den Briefen und Ketten, die sie auf der Suche nach ihr durchstöberten.

Sie fanden in diesen Laden auch ihre Sammlung durchscheinender Steine, wie sich Mira erinnert. Die Großmutter hatte diese auf dem Nachtkastl neben ihrem Bett liegen. Steine, von denen die Großmutter zum Schlafen manchmal einen in der Hand hielt oder sich tagsüber manchmal zwei in die Ohrmuscheln drückte. Sie klopften diese Steine nach der Großmutter ab. Als sich wieder nichts rührte, fiel ihnen der Dachboden ein. Bevor die Großmutter das Lesezimmer für sich allein hatte, verbrachte sie viel Zeit am

Dachboden. Sie hatte dort allerhand Dinge verstaut, und manchmal verschob sie stundenlang Kisten. Als Kinder wurden sie von den Eltern vor der Stiege zum Dachboden gewarnt, weil eine der Stufen fehlte, sodass sie mit ihren Kinderfüßen durchfallen könnten. Die fehlende Stufe, das offene Loch war für die Kinder ein unüberwindbares Hindernis, und auch niemand sonst betrat je den Dachboden. Wenn jemand die Großmutter dort suchte, wurde er schon einige Stufen vor der fehlenden langsamer, um diese ja nicht zu übersehen, und rief nach ihr, in den für die Kinder unerreichbaren Raum.

Pfefferminzpastillen klackern bei jedem Schritt in der Metalldose, die Mira in ihrer Jackentasche mit der Hand umschließt. Sie stellt sich vor, wie sie sich als Kinder der fehlenden Stufe kurz vor der verschlossenen Dachbodentür näherten, und dann erleichtert umkehrten, als sie die Mutter aus der Küche nach ihnen rufen hörten. Sie waren sich sicher, die Großmutter würde, wenn sie noch in diesem Haus mit den Sprüngen in der Holzdecke, mit den versteckten Spiegeln in den hohen Schränken und den dunklen Kellerräumen verborgen wäre, am ehesten in der Leerstelle der fehlenden Stufe zu finden sein, um dort, in dem Raum zwischen einer Stufe und der nächsten, ihre Ruhe zu haben.

1046.

Kata geht in die ihr bekannte Richtung. Kommt an einer Brache vorbei, an drei Seiten von vielbefahrenen Straßen und hohen Wohnhäuserfronten begrenzt. Nichts wächst hier, Schutt und Staub. Gegenüber eine Baustelle mit einem meterhohen Bohrer. Kata meidet die Straße, die an der Schule vorbeiführt, in der sie mehrere Jahre im Internat war, und trotzdem erinnern auch die Straßen in der Nähe sie daran. Ihr fällt die Lehrerin ein, die ihr die ständigen Abwesenheiten vorgeworfen hat. Die wiederholten Hinweise auf Abweichungen.

Sobald sich die Geschichte ihrer Mutter in der Schule verbreitet hatte, spürte sie von den meisten, die sie zu beurteilen hatten, dass ihr wenig zugetraut wurde. Ihr galt erst der zweite Blick, und dieser ging oft mit einem überraschten Aufmerken einher, das sich auf etwas richtete, das man nicht vermutet hatte. Ob sie zu Hause keine Unterstützung habe, was mit der Mutter sei? Selten wurde nach dem Vater gefragt. Nur eine Mutter müsse, ein Vater könne. Ob die Mutter denn keine Unterstützung bekomme? Jeder habe doch jemanden, es stehe doch niemand ganz allein da. Und wenn jemand ganz allein dastehe, dann gäbe es Gründe dafür. Wo sind denn die Verwandten? In einem anderen Land? Es gibt doch aber, vertraut man, eine

Struktur, die trägt, in solchen Fällen, es gibt doch etwas, das hier greifen müsse. Es müsse einen Grund, es werde Gründe geben, so die Lehrerin, die Dinge liegen nicht umsonst, wie sie liegen. Kata beantwortete die Fragen vage. Sie hält manches gerne im Verborgenen, weil es dort nur Ihres ist. Manches will sie nur für sich behalten, damit sie es nicht in dem Licht sehen muss, das ein anderer darauf wirft.

Sie erinnert sich, wie ihr eine Erzieherin das Handy entgegenstreckte, wie leise ihre Mutter sprach, man habe sie in ein Krankenhaus gebracht und ihr alles weggenommen. Man behandle sie wie ein Kind, sie dürfe ihr Zimmer nicht verlassen und niemanden anrufen, nur Kata alle paar Tage einmal. Ob Kata sie raushole, wollte sie wissen. Kata hielt das Handy nach dem Anruf noch einige Sekunden in der Hand, falls die Mutter nochmal anrief, während sie den Blick ihrer Zimmernachbarin vermied, die tat, als habe sie nichts gehört.

Der Schulpsychologe, zu dem sie sie schickten, riet ihr, bei Schlaflosigkeit von hundert rückwärts runterzuzählen, das sei besser als Schäfchenzählen, weil es mehr Konzentration erfordere. Da sei noch jeder eingeschlafen, beteuerte er, er wisse das aus Erfahrung. Auch er liege nachts manchmal wach, bei all den Geschichten, die er zu hören bekomme.

Kata merkt, wie sich in ihrem Körper eine bekannte Schwere ausbreitet. Sie setzt sich auf die nächste Kante, um nicht, wie manchmal, wenn ihr Kreislauf auslässt, zu fallen. Vielleicht hat sie nicht genug gegessen, überlegt sie, oder es ist der unruhige Schlaf der letzten Nacht, der ihr nachhängt. Das laute Weinen der Frau in der Nachbarwohnung hatte sie geweckt. Das Weinen, wie es nachts durch die Wände sickert. Als sie in der Früh die Nachbarin mit roten Augen im Stiegenhaus traf und sich erkundigte, bekam sie zur Antwort: Es ist alles in Ordnung.

1047.

Als Mira aus ihren Gedanken auftaucht, bemerkt sie, dass sie unbewusst einen Weg genommen hat, den sie schon häufig gegangen ist. Sie sieht sich um. Erkennt die Außenseiten des Gebäudes, in dem sie bereits mehrere Jahre nicht mehr war. Es ist das Gebäude, in dem die Werkstätten liegen, in denen sie während des Studiums viele Stunden verbracht hat. Wenig hat sich daran verändert, und trotzdem erscheint es ihr in eine Entfernung gerückt, nicht mehr erreichbar. Sie geht auf das Gebäude zu, das von außen nach Leerstand aussieht. Alles Gute, ruft ihr einer zu, der mit gerötetem Gesicht an die Hauswand gelehnt sitzt, und übersetzt es dann in eine andere Sprache.

Sie setzt sich auf eine Kante, stemmt ihre Beine gegen die gegenüberliegende Mauer, passt sich ein in den Abstand zwischen den beiden Mauerteilen. Auf den dunklen Fliesen liegt ein großer Stein, so groß, dass er nicht von einem Menschen allein bewegt werden kann. An vielen Stellen auf den Platten erkennt Mira im Laternenlicht die helle Form des Steins, als habe er hier lange gelegen, und hier und hier, als habe er viele Male seinen Platz gewechselt, als sei er auf den unebenen Platten häufig gewandert.

In den Werkstätten, an deren Fenstern sie manches kleben sieht, brennt jetzt kein Licht mehr. Während sie noch nachts hier arbeiten durften, gibt es jetzt geregelte Öffnungszeiten für dieses Gebäude. Sie denkt an die verschiedenen Materialien, die hier in verschiedenen Räumen liegen, manches davon von den Studierenden zusammengetragen und in Regalen abgelegt. Material, das an den Händen und im Gewand zurückbleibt. Einzieht in die Haut und sie austrockgenet, sich als staubige Schicht über die Haare legt, gepudert. Wie es die Kleidung durchsetzt und sich unter den Nägeln ablagert.

Sie denkt an das Tuch, vor die Nase oder über die Haare gebunden. Das flache Atmen. Das Abschaben der Tonreste von den Fingern, die Brocken, die sich in der hohen Abwasch sammeln und langsam das Überflussbecken verstopfen, bis einmal kein Wasser mehr abfließen wird. Das Einstreuen des feinen Gipsstaubes in den Wasserkübel, bis der ganze Berg unter der Oberfläche verschwindet, das Anrühren des Gemischs, das in wenigen Minuten anzieht. Das Nachschütten, wenn es zu langsam anzieht und der Zeitkorridor, der dann bleibt, bevor sich das Material festigt.

Ihre Eltern haben in einem anderen Gebäude studiert, in einem Gebäude mit Asbestwänden. Sie denkt daran, wie sie vor ein paar Tagen mit anderen in einem Atelier zusammensaß, dass sie darüber sprachen, wie sie alle mehr Platz bräuchten, aber die Räume, die zur Verfügung stehen, oftmals jene mit dem Asbest in den Wänden sind. Eine temporäre Nutzung wird nahegelegt.

Die Mutter hat sie und die Schwester manchmal in die Werkstätten im Keller mitgenommen. Mira denkt an die Werkzeuge, die die Mutter dort verwendet hat. Die feinen Hölzer mit dem grauen Tonstaub darauf, die schmalen Messer, die gebogenen Schlaufen. Und ihr liebstes: der Draht mit den Hölzern zu beiden Seiten, mit dem sich in einer schnellen Bewegung Scheiben von dem Tonblock schneiden lassen. Sie erinnert sich daran, wie sie neben der Mutter Klumpen formten und ihre Hände tief im Ton versenkten. Beim Andrücken und wieder Andrücken des Tons oder des Wachses, der weichen, mit Kleister vermischten Papiermassen. Das Verschieben großer Massen, im Abtragen und woanders wieder Aufbauen. Das lange Verharren in den Tälern und Höhen, an den Kämmen.

Manches kommt einem entgegen, während sich anderes verweigert. Der Vater zimmerte mit ihnen jeden Sommer im Garten etwas anderes zusammen: ein Baumhaus, ein Schiff, eine Rennbahn. Die Holzbretter, die im einen Jahr eine Kajüte waren, wurden im nächsten Jahr, neu zusammengenagelt, zu einem Podest. Sommerprojekte, nannte der Vater das, und jedes Jahr zu Ferienbeginn wollte er wissen, was diesen Sommer ihr gemeinsames Projekt sein würde. In dem Sommer, den Kata bei ihnen verbrachte, arbeiteten sie an dem Schiff, für das sie ein großes Stück Leinen zu einem Segel schnitten. Das Material versuchte der Vater ihnen als etwas darzustellen, das sich umformen lässt. Und ihnen zu zeigen, dass in den rauen Oberflächen mehr Möglichkeiten liegen als in den glatt geschliffenen.

Als Kind hat es Mira gewundert, dass bei anderen Leuten zu Hause auf dem Boden keine Spuren hinterlassen werden durften. An den Füßen der Stühle wurden kleine Filzaufkleber angebracht, die Möbel wurden auf Teppiche gestellt, und auch den Rucksack hatte man auf einem Teppich abzulegen. Wenn einem eine Gabel aus der Hand fiel, wurde der Boden daraufhin begutachtet, ob von dieser Ungeschicklichkeit eine Delle zurückgeblieben war. Bei ihnen zu Hause dagegen war der Boden eine spröde Holzfläche, an vielen Stellen grau aufgeraut. Wenn der Bruder zu Weihnachten neue Ski bekam, schnallte er diese an die Füße und stapfte damit durchs Wohnzimmer, hinterließ Fahrer am Boden und an den neuen Skiern gleichermaßen. Wenn der Vater den Boden wischte, kippte er einen ganzen Kübel darüber aus, sodass der Boden, der nichts abzuhalten vermochte, sich vollsaugte. Mira erinnert sich daran, wie sie als Kinder Wege durch den Raum fanden, über die Geländer und Sessel, auf der Kante des Sofas entlang und über den Tisch stiegen, damit die Socken nicht mit dem nassen Boden in Berührung kamen.

Dass das Material auch nicht immer den eigenen Wünschen angepasst werden kann, sondern in seiner Widerspenstigkeit ernst zu nehmen ist, lernten sie vom Vater. Das Material, wie es sich einem widersetzt. Das Holz, das sich nur in eine Richtung leicht bearbeiten lässt und sich einem in der anderen entgegenstellt, unregelmäßig entgegenbricht. Das Wachs, wie es spröde zerfällt, sobald es fester wird.

1048.

Kata sitzt am Randstein und wartet darauf, dass die Schwere aus ihrem Körper weicht. Sie schaut auf die Leuchtschrift auf der gegenüberliegenden Straßenseite, die ihr, in ihrem hektischen Wechselspiel, nahe erscheint.

Ein Moped hält direkt neben ihr. Der Fahrer lehnt sich vor, um den Verkehrslärm zu übertönen, und ruft ihr in Abwandlungen mehrmals etwas zu. Kata schüttelt immer wieder den Kopf. Are you alright, probiert er es auf Englisch, und dann, ob er sie mitnehmen soll. Sie lässt sich von ihm einen Helm aufsetzen. Die Autos sind ihr jetzt in dem stockenden Verkehr, in dem sich alles dicht aneinanderdrängt, noch näher als zuvor, und auch die Lichter rücken nahe, erzeugen Reflexionen auf dem Plexiglas des Helms. Sie spürt das Gewicht des Mopedfahrers gegen ihren Körper drücken, und sie denkt an Adrian, bei dem sie gestern war. Wie sie sich im Morgenlicht auf seiner hellen Bettwäsche in aller Deutlichkeit sahen. Sie bewegten sich minutenlang schweigend ineinander. Er hatte seine Augen geschlossen, und sie beobachtete aus großer Nähe das Spiel der Mienen. Wie Wolken zogen sie über sein Gesicht.

Kata klopft dem Mopedfahrer mehrmals auf die Schulter, bis er seinen Kopf halb zu ihr dreht. Can I get off?, ruft sie laut und bemerkt sein Zögern. Ob sie sicher ist, will er wissen, und sie nickt mit dem schweren Helm am Kopf. Ich wohne hier, sagt sie und zeigt vage in eine Richtung, von der Straße weg. Er lässt sie absteigen und nimmt den Helm entgegen. Erst jetzt fällt ihr auf, dass unter dem spiegelnden Helm fast nichts von seinem Gesicht zu erkennen ist.

Sie geht durch das Gewirr aus weniger befahrenen Straßen. Durch eine beschlagene Scheibe sieht sie in ein Badezimmer einer Erdgeschoßwohnung. Hinter dem Schleier aus Feuchtigkeit erkennt sie eine Gestalt, in ein Handtuch gewickelt. Es erinnert sie an das Badezimmer einer Wohnung, in der sie eine Weile mit ihrer Mutter gelebt hat. Die Fenster im Bad waren milchig, kein Vorhang hing davor. Sie zog sich direkt hinter der Tür aus, möglichst weit weg vom Fenster, weil sie wusste, wie deutlich sich die Körper in dem ausgeleuchteten Bad erkennen ließen. Sie versperrte die Tür hinter sich und saß in der Wanne, bis das Wasser lauwarm war und aller Schaum sich gesetzt hatte. Das Bad war der einzige Ort in der Wohnung, die sie sich mit anderen teilten, wo man seine Ruhe hatte, wo man eine Weile für sich sein konnte. Doch auch diese Tür war dünn. Sie betrachtete ihren Körper, verschoben unter dem Wasser, blieb mit dem Blick an jeder Stelle hängen, die sie störte. Sie blieb oft hängen.

Sie wünschte sich aus ihrer Haut heraus, um sie, wie alles, von sich abschälen zu können. Sie dachte nicht daran, wie sie in ein paar Jahren auf diesen Ort und sich selbst in dieser Badewanne zurückschauen würde, weil ihr in diesem Moment alles gegenwärtig war. Sie fühlte sich nichts in dieser Wohnung zugehörig, am wenigsten dem eigenen Körper. Kata betrachtete sich selbst mit dem gleichen Unwillen wie die Vorgänge in der Wohnung, in der die Mutter und sie nur zu Gast waren. Ungeduldiges Schlagen von Fäusten an der Badezimmertür.

Kata sieht sich am Waschbecken stehen und ihre Zähne putzen. Sie schaut sich dabei im Spiegel in die Augen, bis sie sich fremd wird. Am Zähneputzen hat sie schon mehrmals beobachtet, wie sich die Privatheit von Gesten in der Wahrnehmung unterscheidet. Während Adrian nur im Badezimmer seine Zähne putzt und nah am Waschbecken bleibt, geht sie dabei durch die Wohnung, spricht mit anderen, wenn jemand da ist, auch wenn es aus ihrem Mund schäumt. Kata kann verschiedene Bilder davon abrufen, wie sie den Schaum draußen ins Gras neben einem Parkplatz spuckt und mit einer Wasserflasche nachspült.

1049.

Mira geht an einer Ladenzeile entlang. Kisten werden verräumt, Türen geschlossen. Teppiche liegen übereinander gestapelt in einem Schaufenster. Darauf sieht sie zwei Kinder liegen, die spielen, sie wären weich gebettet. Durch ein anderes Fenster erkennt sie das Gesicht einer Studienkollegin, die Blumen bindet. Mira drückt die Tür auf und grüßt. Die andere hält inne, grüßt auch, als hätten sie sich gerade eben in den Werkstätten gesehen und nicht schon mehrere Jahre nicht.

Nachdem ich die Arbeit in unserem Feld nicht mehr ausgehalten habe, erzählt die andere, und sagt es dabei auf eine Weise, die auf ein gemeinsames Früheres verweist, dem sie heute nicht mehr angehört, und nachdem sie auch vieles andere nicht mehr ausgehalten habe, habe sie eine Blumenhändlerin kennengelernt, die sie in die Lehre genommen habe, und jetzt habe sie seit Kurzem ausgelernt. Sie nimmt Mira mit nach hinten, wo die Schnittblumen und Fäden, wo der Draht und die Gräser durcheinander auf einer Werkbank liegen. Während sie einer letzten Kundin ein Gesteck heraussucht, soll Mira sich selbst einen Strauß aus den Wiesenblumen zusammenstellen.

Mira zieht einzelne Gräser in verschiedenen Längen heraus, bindet Violettes und Grünes dazu, schneidet ein Stück von dem Faden, schnürt ihn um die Stängel, die ihr die andere später noch kürzt. Auch das sei Arbeit mit dem Material, sagen sie.

Als Mira mit ihrem kleinen Strauß in der Hand den Laden verlässt, fällt ihr ein, dass sie vor ein paar Tagen von einem Blatt Papier geträumt hat, das sich auf eine Weise faltete, dass es sich durch die Haut bis in die Organe bohren konnte. Sie versuchte die Menschen in ihrer Nähe davor zu schützen. Sie dachte im Traum darüber nach, die Haut der anderen mit Gelee einzuschmieren, damit das Blatt daran kleben bleiben würde, bevor es sich zusammenfalten und zur Bedrohung werden könnte.

1050.

Ihre Mutter hält sich nicht gern in Wohnungen auf. Kata stellt sich vor, dass ihre Mutter schon längst wieder zurück ist, aber gerade ebenfalls durch die Straßen geht, um nicht nach Hause zu müssen, weil ihr jedes ihrer zwei kleinen Zimmer zu groß ist. Manchmal taucht ihre Mutter unangekündigt bei ihr auf, inspiziert Katas Kühlschrank und probiert ihre Jacken an. Sie stellt sich vor, wie ihre Mutter gerade ungeduldig an ihre Tür trommelt.

Ihre Mutter ist gern in Bewegung. Selbst wenn sie sitzt, geht ein Wippen durch ihren Körper. Wenn Kata als Kind schon im Bett lag, horchte sie auf das Geräusch der Wohnungstür, das anzeigte, dass die Mutter die Wohnung verließ. Wenn Kata vor dem kleinen Fernseher saß, zwischen dessen zwei Sendern man nur durch das Drücken eines Knopfes am Gerät wechseln konnte, stand sie häufig auf, um beim Umschalten einen Blick durch die angelehnte Tür zu werfen, hinter der die Mutter am Küchentisch saß und mit dem Kugelschreiber Gesichter in den Magazinen überzeichnete. Und manchmal war die Mutter nicht aufzufinden, nicht in der Küche oder anderswo. Kata ging dann die Nachbarschaft ab, läutete an den Wohnungen, wo die Mutter manchmal zu finden war.

Von den Nächten, in denen Kata neben ihr geschlafen hat, weiß sie, dass die Mutter auch im Schlaf nicht ruhig liegt. Kata denkt an ihre Mutter, wie sie ihr im Schlaf die Decke wegzieht und sie an den Rand des Bettes drängt. Wie sie sich morgens entschuldigt, wenn sie Kata ohne Decke neben sich liegen sieht.

1051.

Vor der Apotheke sieht Mira eine Frau stehen, die ihr wie eine Bekannte vorkommt, die ihr Leben gelegentlich streift. Erst im Weitergehen erkennt sie, dass es Katas Mutter ist. Sie trägt die Haare immer noch kurz, und das Gesicht ist eigentlich kaum verändert, Mira kann sich ihr spätes Erkennen nicht erklären. Im Grunde sieht sie aus wie immer. Mira will ihr hinterherlaufen, geht dann aber in einem kleinen Abstand hinter ihr her.

Zum ersten Mal nimmt Mira Katas Mutter anders wahr. Sie bemerkt ihre wachen Augen und die unnachgiebigen Gesichtszüge, den widerständigen Körper in dem weiten Gewand. Sie denkt sie sich als interessante Frau, die sich jung aus einem schwierigen Familiengefüge lösen musste und in einem Land, in dem sie nicht aufgewachsen war, zurechtzukommen versuchte, in einer Sprache, die sich von ihrer Muttersprache in vielem unterschied. Sie stellt sich vor, wie es ihr hier besonders in den ersten Jahren an Unterstützung fehlte, wie sie als alleinerziehende Mutter keine Arbeit fand und die Wohnung nicht bezahlen konnte, wie sie für sich und Kata immer wieder neue Schlafmöglichkeiten finden musste und sich auf ihre Weise, mit allen unzulänglichen Mitteln, die ihr damals zur Verfügung standen, um Kata gekümmert hat.

Und dann fällt ihr auch ein, wie ihre eigene Mutter Kata ein Bad eingelassen hat, nachdem Kata als Kind zu ihnen kam. Wie sie Kata im Badezimmer schreien hörte, es ist zu heiß, du verbrennst mich. Miras Mutter hielt die Hand in den Wasserstrahl und sagte, unmöglich, es ist gerade lauwarm, schau, greif selbst. Kata hielt ihre Finger noch einmal zögernd unter den Wasserhahn, zog sofort zurück, es ist zu heiß, kopfschüttelnd. Dann stell ein, wie du es angenehm findest, versuchte es Miras Mutter, und Kata drehte den Hahn fast ganz zurück auf Blau. Das findest du angenehm? Miras Mutter konnte es nicht glauben. Kata nickte, so ist es in Ordnung. Sie haben zu Hause nur das kalte Wasser, sagte Kata.

Mira verliert Katas Mutter zwischen den anderen aus den Augen.

1052.

Kata sieht die vielen Badezimmerfenster in dieser Straße, in diesen Häusern, die einander alle gleichen. Sie sieht die Feuchtigkeit an den Scheiben. Sie denkt daran, wie ihr vor ein paar Tagen jemand von seinen geputzten Fenstern erzählt hat. Er habe die Fenster in seiner Wohnung in Kreisbewegungen geputzt, sodass am Ende in allen vier Ecken schmutzige Winkel zurückblieben, die er beließ. Diese Ecken beruhigten ihn auf seltsame Weise.

Kata erinnert sich an diese Gegend von früher. Sie hat mit der Mutter eine Weile nicht weit entfernt von hier gelebt. Kata geht durch den Park, durch den sie früher nachts oft allein gegangen ist. Sie sieht sich mitten in der Nacht auf der Schaukel sitzen. Sie sieht sich in einer Wohnung in dem an den Park angrenzenden Gebäude zwischen mehreren Jungen sitzen, alle Jahre älter als sie, wie sie sich betrinken, während sie ihnen dabei zusieht. Sie sieht sich mit Mira in demselben Park auf den Schaukeln sitzen, in der Erwartung, dass etwas passiert. Voll Übermut sagte sie zu Mira, es möge etwas passieren, ihr sei so langweilig, und sie sprangen durch den Park und wiederholten es wie eine Formel, es möge etwas passieren, das ihrer Langeweile ein Ende setze. Und Kata erinnert sich daran, wie in ihre ungeduldige Erwartung hinein ihr Handy läutete und die Nachricht vom Tod von Katas Großmutter laut wurde. Und wie sie sich ratlos in die Gesichter starrten im Versuch, einen Zusammenhang herzustellen, einen Zusammenhang aufzulösen zwischen ihren Beschwörungen und dem plötzlichen Ereignis, der hilflosen Stimme von Katas Mutter, die auf Lautsprecher zu hören war. Wie sie sich fragten, ob sie in ihrem Wünschen präziser hätten sein müssen.

1053.

Sarah folgt den verzweigten Wegen durch den Park. Es ist ihr heute unübersichtlich auf diesen Wegen, zwischen den Dingen und Menschen. Sie überprüft die Uhrzeit auf ihrem Smartphone. Er ist wach und orientiert, liest sie in der Nachricht eines Freundes, dessen Vater vor zwei Tagen operiert worden ist und seither im künstlichen Schlaf gelegen war. Was ihr jemand erzählt, drückt es herein. Ihre Haut ist eine Schicht, die nichts abzuhalten vermag. Was ihr jemand erzählt, lagert sich ab, an Stellen, wo sie es nicht gebrauchen kann. Eine ältere Frau kehrt ihr den Rücken zu, schaut auf zerdrückte Gewächse, verblühende Dinge und gelb-welke Blätter. Unter dem Arm hält sie eine zusammengerollte Decke.

Gänse schlafen auf dem Radweg. Die Radfahrer sehen sie erst spät, umfahren sie umständlich. Die dösenden Tiere lassen sich davon nicht stören. In einem Teich sieht Sarah viele Gänse am Wasser, die Blicke alle in eine Richtung gewandt. Sie schaut in diese Richtung, versucht zu erkennen, was die Tiere sehen. Vor der öffentlichen Toilette stehen mehrere Menschen, sie hört ungläubiges Murmeln, Fluchen und den langgezogenen Schrei eines Tieres. Ohne eine Entscheidung zu treffen, geht Sarah näher. Sie sieht zwischen den Beinen der Zusammenstehenden rote Flecken am Fliesenboden, dazwischen unkontrollierte Bewegungen, ein verzweifeltes Flattern, dazu unablässig der dröhnende Schmerzensschrei des Tieres.

Sie will sich die Ohren zuhalten. Was hier passiert ist, was hier passiert, stößt sie hervor, und der Nebenstehende erklärt ihr, dass hier wohl jemand einer lebenden Gans die Haut vom Hals abgezogen habe. Sie versucht das Bild des offenliegenden Halses wegzudrängen, bevor es in ihr entstehen kann, sieht nur das Schlagen der blutigen Flügel. Wie so etwas möglich ist, sagt sie, und der Mann neben ihr beginnt von einem gut geschliffenen Taschenmesser zu sprechen. Nein, wie jemandem so etwas möglich ist, sagt sie, wartet dann ein paar Meter entfernt beim Klettergerüst auf die Tierrettung. Wartet, bis der eindringliche Schrei verstummt, dann geht sie weiter.

1054.

Mira geht an einem Band entlang und sieht zu, wie die Polizei die Straße absperrt. Eine Frau läuft aus der Straße hinter der Absperrung auf Mira zu, stolpert, fällt. Bevor sie auf Miras Höhe ist, hat sie sich schon wieder aufgerichtet, abgeklopft, läuft weiter. Mira stellt sich die Schürfwunden an ihren Unterarmen vor.

Ihr fällt die Frau im Moor ein, die sie beobachtet haben, als sie fiel. Sie blieb an einem Baumstumpf hängen und fiel der Länge nach an ihnen vorbei. Ohne den Fall mit den Händen abzufangen, landete sie auf ihrem Gesicht in der Moorerde. Miras Vater war als Erstes bei ihr, während die anderen noch auf die Frau mit dem Gesicht voller Erde schauten. Der Vater half ihr auf und setzte sie auf die Bank, gab ihr ein Taschentuch, mit dem sie sich die Erde aus dem Gesicht wischte, sodass die Abschürfungen und Rötungen an manchen Stellen sichtbar wurden.

Die vielen Kanten, an denen man sich stoßen, die rauen Oberflächen, an denen man sich aufschürfen kann. Die vielen verschiedenen Arten, auf die man am Material zu Schaden kommen kann und das Material an einem.

1055.

Die Kinder im Park geben kreischende Geräusche von sich. Wie Hyänen umkreisen sie einander. Sarah sieht Maulwurfshügel am Rasen, manche davon geplättet. Sie denkt an die Fallen, die sie eine Frau in einem Garten in die Erdhaufen hat schieben sehen. Metallene Gebisse, mit Zähnen, die zuverlässig töten.

Es erscheint Sarah eigenartig, dass man mit einer Nachlässigkeit von Haufen und Hügeln spricht, wenn man die Behausungen der Tiere meint. Die Menschen haben das Bauen von den Tieren gelernt, hat Sarah irgendwo gelesen. Als sie am Feuer zusammenkamen, begannen sie Dächer aus Laub zu binden und Höhlen ins Gestein zu schlagen, Nester und Tunnelsysteme nachzuahmen. Während die Menschen an Wänden bauen, bauen andere in ähnlicher Weise an Horten, Höhlen, Waben und Kammern. An Gängen in der Erde, an fragilen Gebilden in der Höhe. Die Funktionsweise der Städte ist einem Termitenbau nachempfunden. Nur der Mensch baut über seine Bedürfnisse.

Sarah fällt ein, wie sie vor ein paar Nächten von einer Reihe an Dingen in anwachsender Größe in einer Landschaft geträumt hat. Beim Nähergehen erkannte sie in dem ersten kleinen Ding in der Wiese ein totes Insekt, zu klein fast für ihr Aufmerken, unweit davon eine reglose Maus. Als sie weiterging, der Kadaver eines Kaninchens, eine überfahrene Katze und dann immer größer Werdendes: eine tote Ziege, einen schweren Eselkörper, das Gras darunter zerdrückt. In gleichen Abständen zog sich die Reihe über die Wiese und hinein ins nächste Feld, passte sich dabei der Form des Geländes an. Sarah ging mit wachsendem Grauen, schlafwandlerisch, in dem Wissen, dass nach den Körpern der reglosen Tiere in der nächsten Senke unweigerlich Menschenkörper aufgereiht liegen würden. Sie ging die Reihe ab, im Versuch herauszufinden, wo sich die Schwelle in dieser Anordnung befindet, ab der das Töten zum Verbrechen wird.

1056.

Erst jetzt bemerkt Mira den Rauch, der den Himmel verhängt. Sie beobachtet, wie die Polizisten das Absperrband ausrollen und eine Polizistin sich in der Mitte der Straße positioniert.

Mira denkt an Steine, die gegen Schilder prallen. Verwackelte Videos, Barrikaden auf den Straßen. Videos von Polizisten, die mit Schlagstöcken auf am Boden liegende Demonstrierende eindreschen. Die Straßen sind unterschiedliche, die Bewegungen ähnliche. Demonstrierende, wie sie sich unter aufgespannten Regenschirmen und ihren Armen vor den Schlägen zu schützen versuchen. Polizisten, die Demonstrierende über den Asphalt schleifen. Polizisten, die Demonstrierende einkesseln, in einem immer enger werdenden Kreis. Dichte Wolken aus Tränengas. Brennende Mülltonnen.

Miras Vater, wie er von Polizisten in einem kleinen Raum geschlagen und danach wieder auf die Straße entlassen wird. Alle außer ihm in dem Raum Anwesenden behaupten, es sei nie passiert.

Eine plötzliche Bewegung geht durch das Gebüsch, wie von einer Folge von Stromschlägen. Die Bewegung ist nicht lokal genug, um von einem Tier zu stammen, mehrere Pflanzenenden vibrieren gleichzeitig an unterschiedlichen Stellen. Dann ist es vorbei, und Mira kann nicht feststellen, weshalb. Zurück bleibt nur der Geruch von verbranntem Gummi, der auch davor schon in der Luft lag.

Mehrere Menschen gehen in die noch nicht abgesperrte Richtung davon. Sie sieht Benjamin und Felix zwischen anderen. Benjamin, wie er Felix stützt, erkennt sie, als sie zu ihnen aufschließt. Ist er verletzt, will sie wissen. Nein, nur betrunken, sagt Benjamin.

Wieso brennt hier nichts, schreit Felix, bevor er sich zwischen zwei Autos übergibt.

1057.

Sarah kommt an ein betoniertes Becken, das Wasser darin fällt vor ihr zwei Meter ab, fast durchsichtig. Keine Gans ist darin, sie sieht nur ein paar Fische. Sie hat das Gefühl zu zerrinnen, dass sich ihre Haut und die feinen Haare, die einen Bogen über ihren Augen bilden, in Flüssiges verwandeln, das ihr langsam an den Beinen hinunterfließt, ihr Gesicht dabei mitnimmt.

Sie setzt sich im Lichtkegel einer Straßenlaterne auf eine Bank. Das Licht zieht außer ihr noch andere Tiere an. Sarah sieht eine Spinne an der Unterseite der Bank entlangklettern. Sie hat gelesen, dass Spinnen ihre Wohnräume in ähnlicher Weise verschließen wie Menschen, um einzulassen und abzuschließen. Im Gras, nicht weit entfernt, ein Klumpen, der sie an den erinnert, den Mira einmal, während sie sprach, in den Händen gedreht hat. Woher sie diesen Brocken habe, wollte sie Mira fragen und vergaß im Verlauf des Gesprächs darauf. Sie beobachtete, wie Mira den Klumpen, der bald trocken war, bearbeitete.

Ein kleines Mädchen mit unfrisierten Haaren schaut ihr im Vorbeigehen lange direkt ins Gesicht, bevor es die Mutter an der Hand weiterzieht. Sarah würde gern wissen, was es in ihrem Gesicht sieht. Gleichzeitig nimmt sie Bruchstücke des Gesprächs von zwei auf der nächsten Bank wahr. Sarah hört die eine der anderen erzählen, wie sie in der Schwangerschaft zu ihrem letzten Kind früh Blutungen bekam. Sie müsse still liegen, wurde ihr gesagt, wenn sie das Kind nicht verlieren wolle. So lag sie mehrere Tage im Bett und bewegte sich so wenig wie möglich, während sie ihre anderen Kinder in der Wohnung rumoren hörte. An den Geräuschen versuchte sie zu erkennen, was sie taten. Sie lag unterdessen regungslos im Bett, während sich in ihrem Unterleib Schmerzen ausbreiteten, die sie an Wehen denken ließen. Sie schaute auf die Bäume vor dem Fenster, wie der tauende Schnee aus ihren Ästen tropfte. Nun ist es, wie es ist, dachte sie, gerade als das Ziehen aufhörte. Die andere sagt, ihre letzte Schwangerschaft sei auch schrecklich gewesen, aber, sagt sie und zieht dabei ihren Pullover hoch, zeigt der anderen ihren flachen Bauch, schau mal, nichts, kein Dehnungsstreifen, nichts. Der Bauch ist das Einzige an mir, das fürs Kinderkriegen gemacht ist.

Außer den beiden Frauen hört Sarah nur mehr wenige Stimmen, weiter entfernt. Je leiser die Menschen werden, desto lauter ist das helle Schreien der Vögel, das abendliche Knattern der Grillen zu hören. Sie sieht im schwachen Licht noch eine Einzelne an der eingezäunten Weide stehen, wo zwischen Rindern und Gänsen Ziegen umherlaufen, sich zum Schlafen dicht aneinandergedrängt in den Futtertrog legen. So lange, bis eine Kuh sie mit einer ungeduldigen Kopfbewegung herausstößt. Ein Radfahrer steigt von seinem Rad, um mit hoher Stimme zu den schlafenden Ziegen zu sprechen. Sarah hat an dieser Stelle schon öfter beobachtet, wie manche mit einer Routine, die eine Gewohnheit dahinter vermuten lässt, Gemüseschalen und Brotreste im Trog verteilen. Sie achten dabei genau darauf, dass auch die jungen und schwächeren Tiere zu ihrem Futter kommen. Tadeln die größeren, wenn sie die anderen grob verscheuchen, und Sarah wundert sich über diesen liebevollen Gerechtigkeitssinn, der an anderen Orten der Stadt nicht auf diese Weise sichtbar wird.

1058.

Das Licht von Straßenlaternen fällt auf die Schicht aus Asche, die vorm Himmel liegt und alles in anderem Licht färbt, sich als Staub auf den Autos ablagert. Die Menschen laufen mit den Köpfen im Nacken durch die Straße, machen Fotos vom Himmel, als gäbe es ein Ereignis zu bezeugen. Ein Mädchen mit Kopfhörern starrt regungslos hinauf. Es sitzt unbequem eingeklemmt zwischen zwei Balken. In der Straße steht der Rauch dicht, von einem Großbrand, der übergegriffen hat, oder von brennenden Mülltonnen nicht weit entfernt, Mira kann es nicht sagen. Je weiter sie geht, desto tiefer taucht sie in die Wolke ein. Atmet schwer.

1059.

Wo Sarah sitzt, weht es ihr mit jedem Vorbeigehenden dessen Geruch entgegen. Sie bemerkt auch einen anderen Geruch, den Geruch eines Lagerfeuers. In der Entfernung sieht Sarah eine Rauchsäule aufsteigen.

Sie bemerkt einen Blick im Vorbeigehen, auf ihre bloßen Knie. Die Blicke verändern sich, wenn sie allein unterwegs ist. Sie verändern sich vor allem, wenn sie einen Rock trägt. Sie will bei jedem Wetter einen Rock tragen, ohne dass dadurch ein Aufmerken entsteht. Sie mag es, wie der Stoff auf ihrer Haut liegt und sich um ihre Beine bewegt.

Sarah benötigt nur einen Farbverlauf, und wenn es ihr einfällt, daran zu denken, das zarte Lila zwischen dem blassen Grün, wild wucherndes Gestrüpp, stachelige Blüten zwischen hohen Gräsern, hüllt sie sich darin ein.

1060.

Kata geht in das Lokal, in dem sie mehrere Jahre gearbeitet hat. Es ist noch früh, es sitzen nur wenige an den Tischen zusammen. Sie setzt sich an die Bar und beobachtet die beiden dahinter, die sie nicht mehr kennt. Sie hat in verschiedenen Städten in verschiedenen Lokalen gearbeitet, aber keines hat sich ihr eingeprägt wie dieses, weil es das erste war. Ob man an ihrer Art, hier zu sitzen, bemerkt, dass sie schon länger nicht mehr da war, so wie man in Lokalen meistens erkennt, wer noch nie oder schon lange nicht mehr da war, wer sich vorsichtiger und suchender verhält, zwischen den anderen, die sich im Lokal wie in ihrem Wohnzimmer bewegen.

Während Kata hier nur mehr wenige Gesichter vertraut sind, sind es die Dinge noch. Der klebrige Steinboden, die zusammengeschraubten Sitzbänke, die kleinen Holztische, die tiefen Sofas in verschiedenen Grüntönen, die mit bunter Folie verklebten Fenster, die Anlage mit den vielen Kabeln im Bühnenbereich, der schmale Tresen, auf dem jetzt schon einige Gläser stehen. Davor war er eine leere Fläche.

Kata geht zu den Rauchenden hinaus. Unter dem Vordach stehen Pflanzen in Töpfen unter einem schief befestigten Scheinwerfer, dessen Bewegungsmelder unzuverlässig reagiert. Die Rauchenden stehen in einem Wechselspiel aus Licht und Dunkel. Die meisten hier hören einem Kind zu, das mit lauter Stimme in die Runde spricht und durch sein Sprechen die Runde erst zu einer Runde werden lässt. Sie rücken ein Stück enger zusammen.

Das Kind steht mit dem Rücken zu Kata, sodass ihr zuerst seine Haare auffallen. Dunkel gegelt sehen sie wie eine glatte Rutsche aus, die sich unten zu einer einzigen Locke eindreht, und eine fragt das Kind, sag mal, Quin, ist diese Locke echt oder schläfst du mit einem Lockenwickler? Und Quin sieht an ihr vorbei und antwortet ernst, aber doch so, dass klar wird, wie unnötig ihre Frage war: Die ist natürlich, während er sich mit der Bürste in einer einstudierten Geste durchs Haar fährt. Er neigt dabei den Kopf zur Seite und streicht behutsam seinen Scheitel entlang, lässt die Bewegung in der Locke auslaufen, und Kata bemerkt, es ist eine dieser Bürsten, wie man sie für Babys verwendet, die mehr streicheln als bürsten. Es ist eine Locke, sagt Quin dabei und sieht nachdenklich aus, es sind viele Haare, die in einer Locke münden. So als gäbe es etwas zu begreifen, und jemand stimmt ihm halbherzig zu, weil es keinen Grund gibt, ihm zu widersprechen.

1061.

Die Fenster sind abgedunkelt, aber ein blauer Schein dringt nach draußen. Sarah hört gedämpft elektronische Musik. Sie drückt die Tür auf und geht schnell hinein, um schneller als ihr Widerstreben zu sein, bevor es sie zum Umkehren bewegen kann. Sie kennt kaum jemanden, fast nur neue Gesichter, und fragt sich, wer die alle sind. Steigt über einen, der auf dem Rücken am Boden liegt und mit geschlossenen Augen zuhört, während vorne vor einer Leinwand die Performer am Pult stehen, mit der Videoprojektion im Rücken und auf ihren Gesichtern. Jetzt fällt ihr doch eine auf, die sie kennt, und sie setzt sich neben sie, ohne dass die andere sie bemerkt. Sie ist ganz versunken, und bald rücken auch Sarah die Klänge näher. Sie rutscht hin und her, setzt sich auf ihre Beine, winkelt sie an, setzt sich schließlich im Schneidersitz hin und stützt eine

Hand hinter sich ab, sodass sie taub wird. Sarah ist enttäuscht, dass Benjamin nicht da ist. Sie hat ihn erwartet, mit einer Gewissheit, deren Herkunft sie nicht kennt. Da bemerkt sie erst den Hinterkopf vor sich, hat den Eindruck, es könnte Benjamin sein, und wundert sich, dass sie ihn erst jetzt wahrnimmt, wo er doch vielleicht schon die ganze Zeit direkt vor ihr gesessen ist.

Seine Haare sind länger, aber sie haben einander eine Weile nicht gesehen, es könnte er sein. Aber dann ist etwas in der Haltung, das nicht zu ihm passt, auch die Arme sehen nicht nach ihm aus, wahrscheinlich ist er es nicht, sehr unwahrscheinlich ist er es. Und sie spielt beide Möglichkeiten durch, wäre bereit, es nicht herauszufinden, weil ihr die Ungewissheit, wenn beides noch möglich ist, lieber ist als die Enttäuschung. Da lehnt er sich zurück, schiebt sich seine Tasche unter den Kopf und macht die Augen zu. Sie schaut ihn einen Moment an, seinen Kopf, nahe an ihren Beinen, und schaut dann nach vorne, bis es aus ist, jemand die Lichter andreht, es plötzlich hell im Raum wird. Alle schrecken hoch, die Ersten springen auf, und sie ist irritiert über dieses abrupte Ende, das schnelle Aufbrechen.

Sarah geht aufs Klo, lässt das Wasser über ihre Hände laufen, die sie hin und her dreht, zu einer Schale formt. Helle Gebilde, von Adern durchzogen, mit unterschiedlicher Musterung im künstlichen Licht. Benjamin geht an der offenstehenden Tür vorbei, bleibt stehen, als er sie sieht, und sie unterhalten sich kurz und seltsam, als wüssten sie nicht, ob sie einander letztes Mal sympathisch waren oder worüber sie geredet haben, sodass es ebenso gut sein könnte, dass sie einander gerade erst getroffen haben. Sie stellt sich vor, welches Bild sie abgeben, wie sie hier nebeneinander vor der Klotür stehen. Wie sie sich gegen den Türrahmen lehnt und nicht weiß, wohin mit ihren Händen, sich die Haare beim Sprechen zusammenbindet, während Benjamin ein leeres Bierglas in seiner Hand dreht. Es ist eines der Gläser mit Fingerabdrücken darauf, die es nur hier gibt und auch hier nur mehr selten. Dass sie so eines einmal mitgenommen hat und wie sie es vermisst, seit es ihre frühere Mitbewohnerin beim Auszug eingepackt hat, erzählt sie ihm. Sie habe es irgendwann bei ihr in der neuen Wohnung stehen sehen, aber sie will sie nicht danach fragen. Und dann erzählt sie ihm auch, dass sie heute übersiedelt ist und in dem leerstehenden Flügel ein Zimmer bezogen hat. Sie weiß nicht, warum sie ihm das erzählt, aber weiß, wie gnadenlos das kalte Licht vom Klo auf ihrer Haut liegt. Sie möchte den kurzen Wortwechsel lange ausdehnen, erlebt alle anderen um sie herum als Bedrohung. Weil sie fürchtet, jemand könnte mit hastigen Gesten und schnellem Reden, in diesen Moment, der sich langsam ausfaltet, einbrechen. Benjamin scheint es nicht zu stören, wie wenig ihr zu sagen einfällt. Er selbst sagt nur wenig, scheint es dabei aber nicht eilig zu haben. Er spricht von gelegten Feuern und lässt sich nicht anmerken, dass er anderswo sein sollte. Wenn es denn einen Ort gibt, an dem er jetzt sein sollte. An dem etwa seine Freunde auf ihn warten. Zwischen ihm und ihr: Weiches.

Und dann spricht er doch von Freunden, die auf ihn warten, und von einem Innenhof, und auch auf sie warten eigentlich welche in einem anderen Lokal.

1062.

Quin steht zwischen den Übriggebliebenen wie auf einer Bühne am Gehsteig, und seine Stimme ist laut, als er sich als Berater bezeichnet. Er tritt heran an die Umstehenden, die mit den Resten in den Bierflaschen in der Hand plaudern, bis Quin sich zwischen sie schiebt, ihnen nahe kommt, näher, als irgendjemandem lieb ist, und die Aufmerksamkeit auf sich zieht, indem er ihnen etwas an den Kopf wirft. Du, sagt er zu einem mit müdem Blick und langem Bart, als er direkt vor ihm steht und zu ihm aufsieht, du bist ein Programmierer, aber was du eigentlich sein solltest, ist ein CEO. Und du, meint er sich umwendend zu einem anderen, du solltest ein Mafia-Boss sein. Quin erntet Lacher, die er zu ignorieren versucht, obwohl Kata merkt, dass kurz etwas durch sein Gesicht zuckt, eine Andeutung des Gesichtsausdrucks, den sie von Menschen auf Bühnen kennt, wenn sie nach einem Stück ins Publikum blinzeln. Quin sieht den von ihm ernannten CEO und den Mafia-Boss an und legt eine kalkulierte Pause ein, bevor er verkündet: Ihr beide, ihr seid euch eigentlich sehr ähnlich, in dem, was ihr tut und wie ihr vorgeht. Nur einen Unterschied gibt es: die Heimlichkeit! Was der eine im Verborgenen tut, tut der andere ganz offensichtlich. Aber vorsichtig müsst ihr beide sein. Vor allem die richtigen Leute braucht ihr um euch. Ihr selbst, ihr macht euch nicht die Hände schmutzig, das machen andere für euch. Quin schwenkt seine Haarbürste, die nur knapp das Kinn des einen verfehlt, fährt dann, leiser, fort. Aber vergesst nie: Traut niemandem, das habe ich gelernt, meint Quin und schweigt, als würde er an die vielen Situationen denken, in denen sein Vertrauen missbraucht wurde. Und wer bist du, will der CEO von ihm wissen. Quin zögert, ohne seinen Gesichtsausdruck zu verändern. Kata bemerkt die Bierflasche, die er neben seinen Füßen abgestellt hat, und fragt sich, wie alt er sein kann. Auch wenn er spricht wie ein Erwachsener, könnte er elf sein, vom Aussehen her, wenn sie ihn vergleicht mit anderen Kindern, die sie kennt. Aber als er wieder zu reden beginnt, kommen ihr Zweifel. Ich, wer ich bin, ruft Quin jetzt und rückt dabei nach, während sein Blick bohrend wird. Ich bin der, der die zusammenschlägt, die andere zusammenschlagen. Ich bin das schlaue Arschloch. Ich bin immer schneller. Ich bin ein Comedian. Ich bin ein Dienstleister und Berater. Ich bin ein Wortkünstler, ein Artist. Ich bin ein Agent. Ich bin der, der den kompletten *Hair*-Soundtrack draufhat. Ich bin eine *trashcan*. Ich bin eine *shitshow*, und dabei fährt seine Haarbürste wie ein Degen durch die Luft, sodass die Umstehenden wankend ausweichen.

Eine Frau taucht neben Quin auf. Ihre Augen glänzen, sie fährt sich mehrmals durch die langen Haare, streicht sie sich mit dem Handrücken aus dem Gesicht. Obwohl sie fahrig ist, oder weil, findet Kata sie schön. Sie wendet sich dem Jungen zu und sagt: Hey, Quin, gib mal die Bürste weg, und lacht ihm dabei zu, lacht über ihn, auf eine Art, dass man merkt, das tut sie oft, mit ihm und über ihn lachen, wenn sie ihn ansieht, fast zweifelnd, als würde sie denken: Wie, du bist mein Kind, bist du denn überhaupt ein Kind? Und da wird Quin kurz kindlich, als er sie ansieht, bevor er den Blick über die Zuhörenden schweifen lässt, eine Milde darin, als würde er sagen: Ihr wart ein gutes Publikum, ihr seid okay, aber jetzt, gute Nacht euch allen, verzieht euch! Quin nimmt die Hand der Frau, er ist ihr fremder als sie ihm. Die Gruppe der Zusammenstehenden löst sich auf. Kata sieht die Frau wieder hineingehen, während Quin sich auf den Randstein setzt und seine Haare kämmt.

1063.

Sarah geht zu dem Lokal ein paar Straßen weiter. Als sie darauf zukommt, fällt ihr ein Kind auf, das auf der Gehsteigkante sitzt, und sie fragt sich, was es hier noch allein tut. In den Händen hält es ein Ding, das eine Haarbürste sein könnte. Sarah sieht glänzenden Film in den Gesichtern der Leute, die vor dem Lokal zusammenstehen, als habe es drinnen eine Hitze. Sie unterhält sich kurz mit einer im paillettenbesetzten Turnanzug, die sagt, sie sei schon bereit für die Tanzsession später, in dem Beisl, das niemand kennen will, das sie aber jetzt wiederbeleben werden, durch Tanzabende, jeden ersten Montag, nein, Dienstag in der Woche. Nein, im Monat, sagt jemand anderes, jeden letzten Freitag im Monat. Und sie zeigt vor, wie sie tanzen werden in diesem Beisl, wo sie alle an verschiedenen Tagen des Monats landen werden, und bewegt die Arme ruckartig und nur so ein bisschen, verdreht das Bein und nickt mit dem Kopf. So oder anders würden sie tanzen in diesem Beisl, wo sonst niemand ist, außer ein paar Sitzenbleiber, in diesem

Beisl am Stadtrand, dessen Namen sie alle schon wieder vergessen haben.

Auch drinnen wird getanzt. Sarah schaut einem dabei zu, wie er sich an der Stelle, wo er zuvor Bier verschüttet hat, in den Bewegungen eines Tieres am Boden wälzt, als würde er Bewegungen wählen, die für ihn nicht naheliegen, als gäbe er sich Mühe, die gewohnten Abläufe abzuwehren, um in einen anderen Modus zu finden. Er verlässt seinen Körper, um anderes zu werden.

Das Lokal leert sich so schnell, wie es sich gefüllt hat. Die Restlichen rücken zusammen. Immer wieder verabschiedet sich jemand mit Umarmungen, andere verschwinden einfach so, eine Weile lang unbemerkt. Sarah erkennt Hannah, die sie hier treffen wollte, und setzt sich dazu. Es ist hier jetzt fast jeden Abend etwas, sagt man ihr. So wird jetzt jeder Tag sein, sagt jemand anderer. Und wehe, ihr verkriecht euch in euren vier Wänden! Wir werden euch vortragen, was ihr verpasst, an Gesprächen und vor allem an lautem Lachen!

Heute sind wir eine Rasselbande, erklärt ihr Hannah. Trotz der Wärme in dem Raum rücken alle näher zusammen. Der Tisch hält keinen Platz mehr bereit für die leeren Flaschen, die sich auf ihm sammeln. Sie schreien durcheinander und trommeln mit den Händen auf den Tisch, schlagen mit Löffeln gegen die Gläser. Heute sind alle seltsam bereit für Seltsames, sagt ihr Hannah. Bierdeckel werden als Augen eingesetzt. Mit fremden Stimmen werden Kirchenlieder geplärrt, als müssten sie sich den Katholizismus aus ihrer Kindheit aus dem Leib schreien. Spiel uns ein Lied, wird von einem verlangt, dessen Gitarre an der Wand lehnt. Er schüttelt den Kopf, verweigert sich beharrlich. Es würde ja auch niemand von einer Chirurgin verlangen, auf einer Feier zu Unterhaltungszwecken eine Operation vorzuzeigen, sagt er.

Sarah spürt einen Schweißtropfen aus dem Shirt langsam ihren Arm entlangrinnen. Sie spürt das warme Bier, das sie bei einer abrupten Bewegung verschüttet hat, an ihrem Bein. Es bricht jemand große Stücke Eis aus dem Gefrierfach hinter dem Tresen, reicht sie in einem Kochtopf herum. Eis fliegt durch den Raum und aus dem Fenster. Sie verbergen ihre Gesichter vor den fliegenden Klumpen, sammeln die Bruchstücke in Gläsern, die sie mit ausflockendem Pastis auffüllen.

Sarahs Blick in den Raum, wie der Blick nach dem Aufwachen, wenn der Schlaf noch als Schleier vor den Augen hängt. Sie denkt daran, wie sie Benjamin vor ein paar Wochen hier gesehen hat. Sie hatte nicht mit ihm gerechnet, in diesem Lokal, grüßte ihn aus der Entfernung mit einem Kopfnicken. Während sie sich mit Hannah unterhielt, blieb ihr Blick an ihm hängen. Während sie weitersprachen, sahen sie einander an, als wären sie zu träge zum Wegschauen. Sie legte sich später mit einer wachsenden Unruhe neben Elias ins Bett, stellte sich Benjamins Stimme vor, die noch vom Schlaf gefärbt ist.

Die Verschiebung, die dadurch entsteht, dass sie über Benjamin nachdenkt und Benjamin trifft, eröffnet ihr einen Raum. Heimlichkeit interessiert sie nicht, morgen wird sie mit Elias sprechen und ihre restlichen Sachen in Kartons räumen. Es ist da diese Gewissheit, dass sie mit Benjamin auf eine Weise verbunden sein könnte, die nichts mit einer Wohnung oder einem Hund zu tun hat. Eine Verbundenheit, die sie nicht zu zweit in einem Raum einschließt. Sie würden Spuren aneinander hinterlassen und haben schon damit begonnen.

1064.

Kata bittet einen um eine Zigarette, während sie Quin dabei beobachtet, wie er sich mit der Bürste durch die Haare fährt. Ob sie von hier sei, fragt der Rauchende sie. Ja, sagt Kata, aber sie lebe nicht mehr hier. Er lebe seit einer Weile hier, aber wohl nicht mehr lange, sagt er. Diese Stadt ist zufrieden damit, wie alles ist, es gibt hier keine Vision für Veränderung, sagt er, und sie fragt sich, wen er meint, wenn er Stadt sagt. Das ist keine Gegend, sagt er und zieht sich das bauchfreie Shirt zurecht. Nicht für einen wie mich. Kata bemerkt die Blicke, die er auf sich zieht, wie er hier in aufrechter Haltung steht und raucht. Eine Gruppe vorbeigehender Männer schreit ihm etwas zu, sie versteht nicht, was sie schreien, aber sie sieht die Gesichter. Er habe seinen Tageslohn heute im Nagelstudio ausgegeben, erzählt er, und zeigt ihr die künstlichen Nägel in einem zarten Rosa, mit weißen Blumenmustern darauf, die er sich kleben hat lassen. Er umfasst das Glas mit dem grünen Inhalt mit seinen Fingern, mit seinen neuen Nägeln.

1065.

Als Sarah hinausgeht, bemerkt sie, dass alle Fenster in der Straße bereits dunkel sind. Nur aus dem Lokal fällt noch Licht auf den Gehsteig. Der Junge von vorhin sitzt immer noch hier am Randstein, und sie will zu ihm gehen, da bemerkt sie, dass jetzt einer bei ihm sitzt. Sie hört den Jungen über eine Müllinsel sprechen, fünf Mal so groß wie Frankreich, die steuerlos durch den

Pazifik treibt. Eine Masse an Plastik, das sich dort seit über hundert Jahren ansammelt, und sich nur sehr langsam zersetzt, hört sie den Jungen sagen.

Sie unterbricht stattdessen das Gespräch von zweien, deren Gesichter angespannt wirken und setzt sich ihnen gegenüber in den Kies, erkundigt sich, ob sie stört. Die beiden verneinen und beziehen sie in ihre Unterhaltung ein, in der es jetzt um Möbel und Pflanzen in der Wohnung des einen geht, obwohl sie zuvor über anderes gesprochen haben müssen. Der eine sagt, dass er kaum noch unter Menschen gehe, er hasse inzwischen eigentlich alle gleichermaßen, am liebsten sei er zu Hause, wo ihm niemand auf die Eier gehe. Der andere zeigt Verständnis, so wie sie meistens, aber heute mischt sie sich ein. Mit starrem Blick sieht sie zwischen den beiden hindurch auf ein Gebüsch, dessen Blätter beleuchtet sind, und die Worte fallen ihr so schnell aus dem Mund, dass sie danach nicht mehr weiß, worüber sie gesprochen hat. Sie kann sich nur mehr an das Wort *Rückzug* erinnern und daran, wie sie sich darüber aufregte, dass alle so zuverlässig sicherstellen, auf die eine oder andere Weise unerreichbar füreinander zu werden. Sie hören lautes Kreischen aus dem Nachbarhaus, vielstimmiges Geschrei von Kindern.

Sarah wechselt von diesem Gespräch in ein anderes, unterhält sich mit einem in dem Viereck aus Licht, das durch das Fenster fällt. Ihr Sprechen ist verwaschen vom Wein, den sie im Lokal ungespritzt bis an den Rand der Gläser füllen. Die Zunge liegt ihr schwerer als sonst im Mund, manche Wörter muss sie wiederholen, weil sie ihr undeutlich geraten. Aus dem eingedrückten Becher schwappt kalter Wein auf ihre Hand. Die Gespräche der anderen, die in kleinen Gruppen zusammenstehen, sind ein regelmäßiges Summen. Sarah schüttet den Rest über dem Blumenbeet aus und geht wieder hinein. Dabei ist sie froh darüber, nichts über die verschiedenen Wirklichkeiten gesagt zu haben, die sich in der Sprache der Politik nicht abbilden, ist sich aber doch nicht sicher, ob sie nicht eben dies schon längst gesagt hat.

Sie setzt sich wieder neben Hannah, die mit einem zu ihrer Linken spricht, und hört Hannahs Freund zu ihrer Rechten zu, der über eine spricht, die sie kurz zuvor draußen bei den Rauchenden gesehen hat. Dass er häufig beobachtet habe, wie sie an Abenden wie heute Menschen mit ihren Geschichten einwickelt, sagt Hannahs Freund. Sie ziehe die Zuhörenden dann in ihren Bann, indem sie ein Detail aus ihrem Leben herauskrame und daraus eine lange, lebhafte Erzählung spinne. Dabei gebe sie den Zuhörenden das Gefühl, als würde sie sich ihnen offenbaren. Etwas Privates teilen, wegen des Vibes zwischen ihnen. Weil ich dich interessant finde. Dieses Gefühl. Sarah selbst hat bemerkt, wie ihr die Frau im Gespräch sympathisch wurde, fast gegen ihren Willen, da sie sich zuerst überrumpelt fühlte von ihrem direkten Blick. Die Art, wie sie sie beim Sprechen anfasste, direkt unterm Busen, als sie über den Schnitt eines selbstgeschneiderten Kleides sprach. Der andere, an den sich Hannahs Freund mit seinen Beobachtungen richtet, findet es interessant und ist ein wenig belustigt darüber. Er beobachte das nun schon seit Jahren, sagt Hannahs Freund auf eine Weise, der etwas Paternalistisches anhaftet. Aber er findet es eigentlich rührend.

Sarah vergeht die Lust an der Musik, an den Gesprächen, an dem Wein, selbst an den hohen Fenstern aus Glas und den dunkel gebeizten Wänden, die auch nach sechzig Jahren noch nach einem Provisorium aussehen. In dem heruntergedrehten Licht erscheint ihr der Raum verändert. Die eine Wand neigt sich ihr zu, während die Wand zur Straße hin noch dünner wirkt als sonst. Als würde es durch sie alle Eindrücke von draußen hereindrücken, mit einer Wucht und einer Sanftheit, mit einer Nachlässigkeit. Drinnen und draußen, das gibt es dann nicht mehr. Es gibt dann nur mehr diesen einen Raum und keinen Winkel darin, um sich zu verbergen. Die Augen halb geöffnet, schaut sie durch die flackernden Lider in den Raum, die Wimpern wie Insektenbeine.

Sie ist es gewohnt, sich selbst zu bügeln, bis sie zu einem weichen Stoff wird, der sich angenehm über alles legt. Keine Falte schlägt. Die Situationen wiederholen sich. Das Material auch. Sie geht, ohne sich von jemandem zu verabschieden, und sucht zwischen anderen, umgestürzten Rädern nach ihrem Rad, das sie hier hat stehen lassen, bevor sie Mira getroffen hat. Sie dreht im Halbdunkel an ihrem Schloss und merkt dabei, wie sich ihr einer zögernd nähert. Als würde er aus dem Gebüsch heraustreten, steht er neben ihr. Ob sie den Abend miteinander verbringen wollen, fragt er, sie hat ihn noch nie zuvor gesehen. Nein, sagt sie, unwillig und ungeduldig, und will noch sagen, wirklich nicht, zerrt dabei ihr Fahrrad zwischen den anderen hervor. Er sagt etwas, auf das sie nicht mehr hört, bevor er wieder verschwindet.

Sarah ist es gewohnt, bevor sie abends das Haus verlässt, den Rückweg durchzudenken. Zu überlegen, ob ein Stück davon am Park oder Fluss entlang verläuft, ob es Stellen gibt, an denen nachts niemand mehr ist. Die Abfahrtszeiten der Busse zu recherchieren, um nicht den letzten zu verpassen. Inzwischen hat sich Überdruss eingestellt. Wenn sie jetzt abends unterwegs ist, empfindet sie dabei Trotz. Die Notwendigkeit zur erhöhten Vorsicht ermüdet sie.

1066.

Es sitzen mehrere in dem Hof zusammen, in den Mira den anderen gefolgt ist. Benjamin haben sie unterwegs verloren, er will noch bei einem Konzert von Freunden vorbeischauen und wird nachkommen, hat er gesagt. Und ob sie ein Auge auf Felix haben kann. Dieser ist inzwischen stiller geworden, sein Blick geht nach innen.

Der Zugang zum Hof und auch die wilden Hecken darin, die Holzbaracke im Hintergrund, wo sich der Hof zu den Wiesen hin öffnet, sind ihr vertraut. Es könnte hier gewesen sein, wo sie manchmal mit dem Vater zum Essen war. Sie hatte gerade die Schule in der Stadt begonnen und ist mit dem Vater in der einen oder anderen Mittagspause unter dem tiefhängenden Sonnendach im Hinterhof gesessen. Sie fühlte sich wie eine Erwachsene, dort an den Tischen mit den unterschiedlichen Sesseln. Es gab eintopfartige Gerichte und dazu reichlich Brot. Man zahlte, so viel man wollte oder konnte. Es könnte hier in dem niedrigen Gebäude gewesen sein, das jetzt verlassen aussieht. Es könnte dieser Hof gewesen sein, es ist möglich. Abends nahmen die Eltern sie und die Geschwister manchmal mit hierher, wenn jemand, den sie kannten, hier eine Ausstellung hatte. Während sie neben den anderen in der offenen Tür des Veranstaltungsraumes standen, der an das Lokal angrenzte, spielte Mira mit den anderen Kindern im Hof. Sie bauten aus dem Sperrmüll, der herumlag, aus den Holzbalken und dem Blech, Unterkünfte und Klettergerüste. Und während die Erwachsenen zusammensaßen, schlugen sie sich durch das ungemähte Gras am Rand des Hofes. Jenseits des Blickfeldes der Erwachsenen erkundeten sie, was sie dort fanden. Die Spielräume, das hat Mira von den Eltern gelernt, sind unbezahlbar. Die Räume, in denen man patzen und bauen kann.

1067.

Sarah wird eine Nachricht von Mira angezeigt. Ein Standort. In den Straßen herrscht eine eigenartige Ruhe, als wäre alles eingesaugt worden, für einen Moment. Es kündigt sich ein Sturm an, wie an mehreren Abenden in Folge. Sarah dreht das Plastik der Radgriffe unschlüssig unter ihren Händen. Stellt sich vor, wie sie zu Mira radelt. Stellt sich vor, wie sie sich leise zu Elias ins Bett legt. Stellt sich vor, wie sie auf einer Decke am Boden ihres neuen Zimmers im Flügel liegt.

Ein Mader überquert in schnellen Sprüngen die Straße, steuert direkt auf die vor einem Autohändler abgestellten Neuwägen zu. Sarah hat Freude an der Vorstellung, dass morgen keines dieser Autos bei einer Probefahrt anspringen wird. Please, hört sie es da mehrmals leise, dann ein Geräusch, das sie nicht zuordnen kann. Sie geht die Straße entlang, neigt sich den Sträuchern zu und glaubt an eine Täuschung, da hört sie es deutlicher: I think I need help. Sie sieht eine Frau in der Dunkelheit die eine Handfläche gegen ein gekipptes Fenster stemmen, die andere an ihren Bauch drücken. Sie sieht das Gesicht, schmerzverzerrt, in dem Licht, das aus dem Gebäude auf die Straße fällt. Are you in pain? Ein Nicken, die Hand verkrampft am Bauch. Sie könne nicht gehen. Is this the hospital? Sarah sieht sich um. It's a doctor. Can you help me in, als Bitte. Während Sarah die Tür aufdrückt, hält sich die andere so leicht an ihrem Arm fest, dass Sarah das Gewicht kaum spürt. Dabei entschuldigt sie sich mehrmals, und Sarah wiederholt: It's okay. Warum sie sich entschuldigt, will Sarah sagen. Als sie niemanden in den Gängen sieht, ruft sie hinter die zugezogenen Vorhänge hinein. Ein Pfleger kommt ihnen entgegen. I think I need help. I am sorry. Sie legen sie auf eine Trage, bei jeder Bewegung zuckt sie zusammen. Während der Pfleger die Ambulanz ruft, sitzt Sarah neben der Frau, deren Gesicht sich unter der Schmerzinfusion langsam zu entspannen beginnt, und fragt sich, wie diese allein hierhergekommen ist.

1068.

Als sie sich an den langen Tisch setzt, bemerkt Mira, dass sie manche kennt. Sie grüßt, und die anderen rücken zusammen, machen ihnen Platz. Die meisten kommen von einer Podiumsdiskussion, wie Mira nach einer Weile merkt. Um Weltkulturerbe sei es gegangen, sagt einer, als sie ihn danach fragt. Sie wiederholen für sie und sich selbst die Aussagen des Gesprächs. Einer erzählt von einer Studie, aus der hervorging, dass die meisten Studierenden sich in dieser Stadt das Leben ohnehin nicht mehr leisten können. Sie pendeln aus anderen Städten her, sind Nomaden. Oder die Frau, die damit begann, dass sie in einem Haus wohne, das im Bereich des Weltkulturerbes liege, in einem Schlösschen, und sich darüber beklagte, dass am benachbarten Grundstück ein Wohngebäude in der Höhe eines Turmes gebaut werde, sodass ein Schatten von der Fläche mehrerer Wohnhäuser auf ihren Garten fallen würde. Es sei Ermessenssache, wiederholte der Weltkulturerbe-Beauftragte immer wieder und sprach von Pufferzonen. Was in diesen Zonen wovon abgeschirmt werden soll, fragen sie sich. Und sie erzählen von Forderungen nach Begegnungszonen in der Stadt, und dass sich ein Mann zu Wort gemeldet habe, um zu sagen, am besten begegne man sich immer noch am Markt und in der Kirche. Und Kirchen, wissen sie, gibt es genügend in dieser Stadt.

1069.

Ob sie mitfahre, fragt die andere, deren Name Ewa ist, wie Sarah mittlerweile weiß. Sarah steigt in den Krankenwagen, in den zwei Zivildiener die Trage mit Ewa heben. Ein Zivibomber, geht es Sarah durch den Kopf, als sie sich zu ihr setzt. Sie schauen einander nicht an, aber Ewa entschuldigt sich wieder, und Sarah sagt wieder: It's okay.

1070.

Was hier eigentlich sonst ist, fragt Mira, als sie sich in dem Hof umsieht, und eine sagt, dass hier früher mal ein Lokal oder sowas war. Sie nutzen die Infrastruktur, an die Infrastruktur hier knüpfen sie an. Aber nächstes Jahr soll das alles hier abgerissen werden. Im Hof, sagt sie, fanden letzten Sommer Feste statt, sie zeigt zu den Holzstühlen und runden Tischen hinüber, die unter einem Vordach zusammengeschoben stehen. Mira fällt das oberste Fenster des Hauses auf der anderen Seite des Hofes auf, das sich von allen anderen unterscheidet. Es ist oval und hängt schief in den Angeln, wie ein kippender Spiegel, den es ihr im nächsten Moment entgegendreht. Es ist das einzige erleuchtete Fenster im Hof.

Manche am Tisch spielen auf Instrumenten, als würden sie diese zum ersten Mal in der Hand halten. Eine reibt mit einem Löffel die Stäbe des Xylophons entlang, während einer neben Mira eine Ziehharmonika unangenehm in die Länge zieht. Schon von Weitem hört man, wie eine andere in das Mundstück einer Posaune schnauft. Manche späten Spaziergänger machen einen weiten Bogen um den Hof, während einer, von den Geräuschen angezogen, sich an ihre Tafel setzt. Ihm wird reichlich Bier in ein hohes Glas eingeschenkt.

1071.

Sarah sitzt zwischen anderen Wartenden. Schaut auf ein großes Aquarium mit Fischen, die im Kreis schwimmen. Ein Putzerfisch klebt an der Scheibe. Sarah beobachtet sein langsames Vorrücken. Einer neben ihr hat den Kopf in die Hände gestützt, andere wischen über ihre Smartphones. Sie hört zwei leise diskutieren, kann nicht verstehen, was sie sagen. Hört nur immer wieder das Wort *Röntgen.* Wie mühsam das ist, sagt einer. Hörst du bitte auf, wiederholt ein anderer nicht weit entfernt mehrere Male laut.

In dem angrenzenden Gebäude hat Sarah zu verschiedenen Gelegenheiten Verschiedene besucht. Das Zurückschieben der Vorhänge. Das Abstellen der Blumen auf dem Tisch. Das Durchblättern des Speiseplans. Das Aufdrücken der Fenster. Was für die einen ein Arbeitsort ist, ist für die anderen ein unwillkommener Aufenthalt. Oder vielleicht auch eine willkommene Pause.

Ein Pfleger geht knapp an Sarah vorbei, die Arbeitshose hinaufgekrempelt. Das Quietschen der Haut auf Plastik. Ein lautes Gähnen. Eine Pflegerin, auch ihre Hose hinaufgekrempelt, sieht müde aus.

Die Wege durch das Areal verlaufen ober- und unterirdisch. Sarah weiß das, sieht aber nur, was an der Oberfläche passiert. Ihr fällt die Reinigungsfrau ein, die sie durch mehrere Stiegenhäuser von einem Flügel in einen anderen geführt hat, als sie sich bei einem Besuch verlaufen hatte. Die Blume, die Sarah für sie aus dem Strauß zog, wollte sie nicht nehmen.

1072.

Mira streift durch den Hof, es weht ihr süßlich entgegen. Sie schaut in den lichtverschmutzten Himmel, von dem hier ein größerer Ausschnitt zu sehen ist. Ein Vogel taucht auf der anderen Seite des Hofes auf, sie sieht ihn im schwachen Licht hüpfen. Nicht scheu, aber doch so, dass er vor einer Berührung zurückschreckt und ein paar Meter weit fliegt, indem er ungeschickt mit den Flügeln schlägt. Mira sieht, wie sich einer dem Vogel nähert, mit einer Bewegung sein Shirt auszieht, um es mit der nächsten über das Tier zu stülpen. Der Vogel, zahm auf seinem Arm. Ein Käfigtier, hat nie fliegen gelernt, hört sie ihn sagen.

Mira taucht ihre Arme in das Becken, in dem das Bier gekühlt wird, fischt zwischen den Algen nach einer Flasche. Versucht sie an der Sitzbank zu öffnen. Der Deckel lockert sich nur langsam, hinterlässt Dellen im weichen Holz. Mira geht hinein, in die Küche, wo Heinrich, den sie von früher noch kennt, einen Eintopf macht und sie nach einer größeren Schüssel fragt. Sie öffnet ein paar Kastentüren und bietet ihm eine große Plastikschüssel an, durch die sich ein Sprung zieht. Heinrich begutachtet den Sprung und macht sich Sorgen um seine Soße. Er bittet sie um den Koriander, aber sie weiß nicht, wie Koriander aussieht. Der da, deutet Heinrich auf einen der Töpfe am Fensterbrett. Sie erkennt Minze und Basilikum, also zupft sie von der dritten Pflanze einige Blätter. Sie beobachtet Heinrich dabei, wie er sich voller Konzentration über die Zutaten beugt. Sie hilft Schüsseln und Besteck hinauszutragen.

An Abenden wie diesen scheint ein Verständnis darüber hergestellt, auf welche Weise sich eingreifen lässt. Mira wünscht sich die Mauern dieser Stadt so dünn wie ihre eigene Haut. All people and things will change, sage ich mir jeden Tag zum Aufwachen vor, sagt eine. Gibt es eigentlich Pikantwurst noch zum Kaufen, hört Mira jemand anderen fragen. Sie bearbeitet das Wachs einer Kerze mit ihren Fingernägeln, schält es an manchen Stellen herunter und bringt es in eine Ordnung. Das Material tut ihr den größten Gefallen, wenn es sich ihren Ordnungsversuchen widersetzt. Sie ordnet das Material, es ordnet sie um. Mira, wie sie an ihrer Haut kratzt.

Der Vogel sitzt immer noch am Arm des Mannes. Mira sieht ihn auf der anderen Seite des Tisches, und es scheint ihr, dass der Vogel sie seinerseits beobachtet. Was er mit dem Tier vorhabe, fragt Mira. Er werde ihn morgen zur Auffangstation bringen, erhält sie zur Antwort.

1073.

Ein regelmäßiges Piepsen. Das Verlagern des Gewichts auf der Bank, das Umlagern der Körper in den Betten. Via, schreit eine. Leute sitzen in unterschiedlichen Abständen zueinander. Man kann die auf Behandlung Wartenden, die hier Arbeitenden und die Besuchenden an ihren Gewändern unterscheiden. Etwas Trennendes liegt darin. Aus einem Kinderwagen neben der Anmeldung hängen Schläuche heraus, einer transparent, einer blau. Eine Wartende erzählt einer anderen von einem Schmerzpflaster, das sie bekommen hat, und dass sie in der Zeit zwischen zwei Pflastern sich aus Schmerz die Zunge durchgebissen hat. Wie es geblutet hat aus ihrem Mund.

Sarah stellt sich vor, wie sie Ewa gerade in verschiedene Geräte schieben. Sie versucht sich die Schmerzen vorzustellen, sie in ihrem Körper nachzubilden, aber es gelingt ihr nicht. Sie will ihrem Körper in dieser Vorstellung entkommen, bevor sie sich darin noch eingefunden hat.

1074.

Und dann ist Kata da. Sie setzt sich zu Mira, und sie sitzen mit einer Selbstverständlichkeit nebeneinander, als wäre Kata nicht soeben erst angekommen, als wäre Kata eigentlich die meiste Zeit hier, neben ihr. Sie teilen sich ein Stück Kuchen. Die Kruste des Kuchens ist so fest, dass sie ihn nicht mit der Gabel zerstechen können, selbst wenn sie sie mit der ganzen Hand umschließen.

Das Holz des Tisches riecht harzig. Die Zigarettenstummel treiben in einem Kaffeerest, eine Schicht Holzstaub überzieht die Tischplatte, sodass eine Spur zurückbleibt, wenn man die Arme aufstützt. Wo sie hier sind, fragt Kata. Es ist hier über die Jahre ein Ort entstanden, erklärt man ihr. Ein Knotenpunkt, an dem sich Begegnungen verdichten. Eine Verbundenheit, die eine Nacht lang dauert, um im Morgenlicht auszubleichen, und die dennoch trägt, in ihren Wiederholungen. Mira schaut sich die Gesichter um sich herum an.

Ein Nachbar schreit aus dem Fenster, dass sie verschwinden sollen, wenn sie in zehn Minuten nicht verschwunden sind, ruft er die Polizei. Weil hier auch welche schlafen wollen, und dass er ihnen das alles hier abdrehen wird, dass es sowas nicht mehr geben wird. Er wiederholt dieselben Phrasen über Minuten, immer lauter.

1075.

Es ist ruhig in den Gängen der Notaufnahme. Nur manchmal schieben die Sanitäter einen Akutfall auf einer Trage herein, dann wird es kurz geschäftig, bevor alle in ihren gewohnten Abläufen hinter einer Schiebetür verschwinden. Die Handgriffe, die man füreinander macht. Die Geste, mit der man den Kopf eines Kindes schützt, wenn es nahe an eine Kante kommt. Dem Kind reicht, was es selbst noch nicht erreichen kann. Wie man einem anderen die Decke um den Körper wickelt, sodass keine Kälte durchdringt. Wie man Handgriffe am Körper von jemandem vornimmt, die dieser zuvor noch allein ausführen konnte. Wie sich die Grenze verschiebt.

Die Abnützungen, in den Gelenken und an den Oberflächen der Dinge. Was man anstellt, um einander etwas leichter zu machen. Der Gesichtsausdruck bei einem Schmerz oder Sorge im Gesicht eines anderen, wie man dieses Gewicht aus den Zügen heben will, aber einander nur so und so viel abnehmen kann.

Sarah denkt an die zerknitterte Zeitung, die sie am Tisch der Nachbarin liegen sah, als sie ihr gestern den Einkauf in die Küche gestellt hat. *Lesen und Schreiben sind sehr wichtig*, las sie da, mühsam an den Rand der Zeitung notiert, in einer tastenden Schrift, die die Schwierigkeiten beim Halten des Stiftes erkennen ließ. Etwas versetzt las sie: *Warum ist das Schreiben für mich so schwierig geworden.* Und dann, daran anschließend, mit festerem Aufsetzen: *Mit viel Übung müsste ich es schaffen. Es geht auch schon besser.* Sarah faltete die Zeitung auf, um am unteren Rand in wegkippenden Buchstaben zu lesen: *Leider nicht gut genug.*

1076.

Mira kommt vor, sie erinnert sich an diesen Hof vor allem wegen eines Fotos, das ihr vor Kurzem aus einem von der Mutter selbst gebundenen Zeichenbuch entgegengefallen ist. Sie blätterte durch das großformatige Ding, in dem sich ihre Kinderzeichnungen und die der Geschwister mit denen der Eltern mischen. Sie hatte die Eltern neben ihren Zeichnungen aufschreiben lassen, worum es sich dabei handelt, und später, als sie selbst schreiben konnte, in wankenden Buchstaben zwischen den Notizen und Zeichnungen der Eltern kurze Geschichten notiert. Als die Geschwister noch nicht schreiben konnten, hat sie auch deren Geschichten notiert. Unter jede dieser Geschichten hat sie in großen Buchstaben, denen viel Bemühen abzulesen ist, *ENDE* geschrieben, und jede dieser Geschichten hat sie mit *ANFANG* beginnen lassen. Als würde sich auf diese Weise ein Rahmen für Ausuferndes festsetzen lassen. Zwei Marker, die den Raum abstecken, in dem ein Orientierungsversuch stattfindet, in dem etwas Vorbeiziehendes für einen Moment festgeschrieben wird. Es gibt Anhaltspunkte.

1077.

Zwei Pflegerinnen kommen aus derselben Tür heraus, in ein Gespräch vertieft. Sie tragen ihre Handtaschen gegengleich. Es war so heiß, ich bin fast gestorben. Sie sprechen übers Radfahren. Ein Husten, von jemandem in einem Rollstuhl. Der Urinbeutel an seiner Seite, halb gefüllt. Manche sitzen schweigend, manche dösen. Die Zeit vergeht hier anders. Warten. Gehen. Rasten. Das Klacken einer Plastikflasche. Einer spricht in sein Smartphone: Und, wie schaut's aus? Die Sirene eines Rettungswagens, im Vorbeifahren. Eine Pflegerin liegt regungslos auf einer Bank. Bäuchlings. Nur an der leichten Bewegung ihres Fußes kann Sarah sie von einer Kollabierten unterscheiden. Für unbestimmte Zeit gepackte Taschen stehen in den Gängen. Röntgen und das andere, wie heißt es, hört Sarah eine überlegen. Ein Husten. Das Geräusch der sich automatisch öffnenden Glastür. Eine Frau geht vorbei, Verbände um beide Hände. Mit der einen Hand drückt sie die andere. Das Drehen einer Uhr am Handgelenk. Wir sind in zwei Minuten da, sagt eine in ihr Smartphone. Wenn etwas unklar ist, fragen, eine andere. Jemand verlässt das Gebäude gähnend.

Sarah holt ihr Smartphone heraus, die Spiegelung des Aquariums am Display. Sie schickt Mira ein Foto von dem Putzerfisch. Dabei bemerkt sie eine ungelesene Nachricht von Benjamin. Sie muss diese im Krankenwagen weggedrückt haben. Sie schreibt ihm selten, auch er schreibt ihr selten. Meist dann, wenn sie nicht damit rechnet. Manchmal würde sie gern eine Nachricht an Benjamin schreiben, in der nur sein Name steht, als Frage.

1078.

Mira sieht in einem Haus gegenüber Licht angehen und eine Frau eine Schüssel aus dem Regal nehmen, den Kühlschrank öffnen, dann schüttet sie Milch und Müsli in die Schüssel. Etwas an der Szene macht Mira dünnhäutig.

Erst jetzt, als es heller wird, fällt ihr der Bambus auf, der den Hof auf einer Seite zur Wiese hin abschirmt. Er wächst hoch und bildet eine Wand, die im Wind wankt. Der Blick verschiebt sich durch die Bewegungen der Halme, wie in einem Störbild. Bambus, sagt Heinrich neben ihr, als er ihren Blick bemerkt, wächst ebenso weit in die Höhe wie in die Tiefe. Er hat ihn hier vor Jahren gepflanzt, und nun hat er den Hof übernommen. Zu Beginn habe er noch versucht, ihn durch Schneiden und mittels Platten aus Metall unter der Erde in Grenzen zu halten, doch ihm sei nicht beizukommen, er könne jetzt nur mehr beobachten, wie die undurchdringliche Wand aus Grün immer näher rückt.

Eine hat ein Feuer angezündet, zwischen Hecken und einer schiefen Hütte, als es Morgen zu werden beginnt. Das Holz wird in kleine Stücke gehackt. Alle verhalten sich, als würde heute etwas enden und etwas anderes beginnen. Mira beobachtet einen, der zu einem Lichtkasten hinaufklettert. Er hält sich an der Stange fest wie ein Matrose am Mast. Er schwingt hin und her, und eine andere baut sich unter ihm auf, um ihn aufzufangen, wenn er fallen sollte. Er schließt die Lichterkette, die er zuvor umständlich in einem Rechteck um sie alle herum verlegt hat, an den Strom an. Da in den leerstehenden Lagerräumen kein Strom ist, haben sie die Kabel quer durch den Hof verlegt. Unter Beinen durch, und über Sessel, um nicht von der erdachten Form abzuweichen. Er schaut jetzt zufrieden auf die paar Lampen, die noch brennen und die Verbliebenen in einem schwachen Blau markieren.

1079.

Benjamin hat ihr ein Foto geschickt, nicht lange nachdem sie sich vorhin in dem Lokal verabschiedet haben. Sarah sieht ein Bild mit einem hohen Glas vor einer Tür, und es dauert, bis sie die Tür als die zu dem Flügel erkennt, in dem sie heute ein Zimmer bezogen hat. Und bis sie das Glas als jenes mit den Fingerabdrücken erkennt, das Benjamin zuvor zwischen seinen Händen gedreht hat. Morgen früh wird das Glas kommentarlos vor der Tür stehen. Die anderen werden es stehen lassen, keinem wird es etwas sagen, nur für sie wird dieses Glas gesprächig sein. Sie wird es sorgsam mit hinaufnehmen, auswaschen und auf ihren Schreibtisch stellen.

Sarah fällt ein, dass ihr neues Zimmer nicht weit entfernt von hier liegt. Der Krankenwagen hat sie fast nach Hause gebracht.

1080.

In der Ferne: ein Donnern. Sie sind ins Gespräch vertieft, sie ignorieren die Geräusche und Lichter, die ebenso gut von Schüssen wie von Explosionen, oder von einem Gewitter stammen könnten. Sie nehmen, ohne es voreinander auszusprechen, die Ankündigung wahr, die darin liegt.

Immer wieder startet eine Maschine am nahegelegenen Flugplatz und fliegt tief über ihre Köpfe hinweg. Dazwischen wieder das Knallen in der Dunkelheit und die Schreie eines Suchtrupps. Sie können den Namen nicht verstehen, den die Suchenden in die Nacht rufen, doch sie bemerken, wie sie näherkommen. Die Taschenlampen blenden sie, wenn sie durch das Gestrüpp leuchten. Ob sie Quin rufen, will Kata neben ihr wissen. Sie glaubt, sie habe sie Quin rufen gehört. Kata steht auf, um dem Trupp entgegenzugehen. Mira sieht, wie sie im Gebüsch verschwindet.

1081.

Eine mit zugeschwollenem Auge drückt sich eine Mullbinde ins Gesicht. Dahinter sieht Sarah Ewa in der Schiebetür auftauchen und mit einer Hand Papiere entgegennehmen, die andere liegt immer noch auf ihrem Bauch. Ob es immer noch wehtut oder ob es nur mehr die Erinnerung an den Schmerz ist, fragt sich Sarah, als sie Ewas suchenden Blick bemerkt.

1082.

Sie müssen den Tisch umstellen, bevor der Regen da ist, es wird nicht mehr lange dauern. Eine holt einen Seitenschneider aus ihrer Tasche, während sie sich mit der anderen Hand die Kapuze über den Kopf zieht. Der Wind nimmt zu. Mira hört das Rauschen der Blätter. Nachdem sie den Draht abgezwickt haben, mit dem der Tisch an einem Balken befestigt war, räumen sie die Flaschen, das Geschirr und Besteck vom Tisch und tragen diesen gemeinsam einige Meter weiter unter ein Gerüst, auf welchem ein anderer eine Plane zu spannen versucht. Die Plane bläht sich im Wind, schlägt dabei gegen das Gerüst. Zwei andere kommen ihm zu Hilfe. Sie versuchen die Plane zu befestigen, mehrmals kommt sie ihnen dabei aus. Die drei bewegen sich auf dem Gerüst, einer legt sich mit dem Oberkörper über die Plane, um sie zu fixieren. Beim vierten Versuch gelingt es ihnen, als der Regen schon eingesetzt hat und laut auf die Plane schlägt. Über dem Tisch wölbt sich das gespannte Segel. Es gibt einen schmalen Streifen frei, durch den Bäume zu sehen sind.

1083.

Kata spürt die Feuchtigkeit der Erde, die durch die Schuhe hereindrückt. Sie hält sich die Äste aus dem Gesicht und sieht Taschenlampenlichter, die sich im einsetzenden Regen weiterbewegen. Immer wieder streift ein Lichtkegel ihr Gesicht. Sie kommt auf dem

Moorboden nur langsam voran, sinkt immer wieder ein, während sie in Richtung der Suchenden geht, die näherkommen.

1084.

Die Plane bläht sich über ihnen. Regengüsse gehen auf sie nieder, an manchen Stellen tropft es durch die Plane hindurch auf den Tisch, wo Becher stehen, die bald so voll sind, dass das Regenwasser überläuft. Sie sind eng zusammengerückt, da es an den Seiten hereinregnet. Wie auf einem Schiff auf hoher See während eines Unwetters. Zwei halten zusätzlich einen Regenschirm über den Tisch, über die Flaschen und das Geschirr. Einer isst ungestört weiter und greift dabei ausholend über den Tisch, eine andere baut aus einem Becher und ihrem Smartphone eine Lampe. Mira steigt auf das Gerüst und verschließt ein paar der Löcher in der Plane mit Klebeband, das halbwegs hält.

Dank an Lukas, an meine Familie und Freund:innen und an alle, die die Entstehung und Veröffentlichung dieses Textes ermöglicht und unterstützt haben, besonders: Günther Eisenhuber, Harald Gschwandtner und Regina Rumpold-Kunz.